烧脑笔记

2

X脑力研究所　主编

在开始接受最终考验前，
你可以选择查看一段历史记录

是否查看？

是

→ 跳转到下一页

否

→ 跳转到第4页直接开始测试

前言

基 地 文 件

世界观背景

编号：00　　记录人：AMI 前负责人

地球源纪年初，一场入侵改写了人类的命运，可同时，也改变了 AMI 的命运。AMI 本是独立于地球联盟之外的组织，负责研究和解决地球上发生的一切神秘事件，可就在入侵发生的一年前，在对待未知文明的外交决策上，AMI 内部的管理层产生了严重的分歧。以本人为首的一派主张合作，以 Miss Madam 为首的一派则主张互不干涉，至此，AMI 正式分化成两大阵营。

最初，在跟未知文明的合作下，AMI 的许多科技研究确实取得了重大进步，然而这也为后面的入侵埋下了隐患。AMI 除了研究各种神秘事件，实际上也为地球联盟提供许多科技支持，尤其是在研究类人脑上（类人脑是一种辅助芯片，每个公民出生后都会安装这个来提升自己的各项指标），没想到，这项 AMI 引以为傲的技术，却被未知文明给轻松破解了，甚至为他们所用……在这件事情上，因为本人的失职最终酿成了全人类的悲剧，本人难辞其咎，主动卸任。好在，Miss Madam 成立的 Space X 靠着她发明的内部生态循环系统保留了人类最后的希望，希望你们能在她的带领下，走得更远，早日夺回人类的乐园！

N 31° 14′

启

声明

1. 本人自愿参与“觉醒人”终极培养计划，开始接受最终考验，其间进行的一切行动所产生的后果，由本人负责，与 AMI 无关。
2. 在本次考验期间，本人将严格遵守相关的规章制度，对此次计划严格保密，绝不泄露给其他人。
3. 无论结果如何，本人都将绝对服从 AMI 的分配，参加后续的一切计划活动！
4. 希望最终考验一切顺利，本人顺利通过培养计划！

参与者签名：________

请参与者认真完成每关任务，

如有疑问，

可查询《游戏手册》获得帮助！

CAGED ANIMAL

第一关

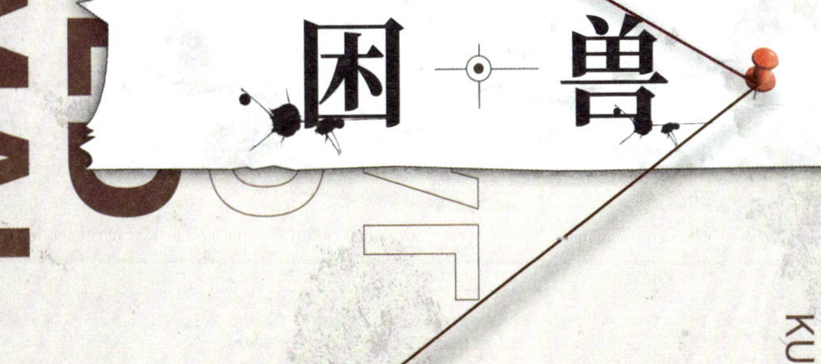

KUNSHOU

出题人：黄新星

你在冰冷的地板上苏醒，撑起身子环顾，这是一个空旷死寂的密室，长满苔藓的墙体里伸出数根锈迹斑斑的巨大铁链，其中一根拴着你，另外的拴着四周那些或坐或躺的人。

“恶魔加重了砝码，钥匙从一边滑到另一边。欢迎你们来到密室逃脱游戏！现在你们有一次机会解开密码锁，答对了获得自由，答错了彻底锁死，该怎么选择，决定权在你们手里。现在，游戏正式开始！”

▶ 本关任务 ◀

1. 解开每个玩家的密码锁，包括你自己的。（3 分）
2. 还原事件的经过和真相。（2 分）

游戏加载中……

提 示

每个密码锁的答案都不同，根据你选择的答案你会得到不同的分数，不同的分数最终会给你带来不同的结局，请谨慎选择！

1号玩家：自救

你的头很疼，脑海里一片空白，不仅想不起自己是怎么来到这儿的，甚至想不起自己是谁。不过这些并不紧要，你看向脚踝，上面有一个大大的脚镣。你蹲下来细细研究，镣上是一个巨大的钢制密码锁，中间是两列汉字滚轮密码，下方有一个红色按钮。

仔细看，旁边还有一行小字：**一组密码为开，一组密码为彻底锁死，勿乱试。仔细回忆，密码就在你脑中。**

你觉得这很荒唐，你明明失去了记忆，脑海中一片空白……等等，你突然反应过来，难不成密码是它？真的这么简单吗？

你拨动密码滚轮，将“空白”二字显露出来，迟疑片刻，按下红色按钮。

“啪啦”一声，锁果然开了。

你摘下脚镣，刚站起来，铁链便如活物一般，迅速缩回了墙体里。你的四肢无力，五脏六腑像是灼烧一般地疼，好在求生欲暂时分散了你的注意力。

“这里到底是哪儿？我是谁？为什么会被锁在这儿呢？”带着疑问，你踉踉跄跄地走向了距离自己最近的人。那是一个姑娘，满身是伤，正虚弱地坐在地上朝你招手。

“你认识我吗？”你走到她跟前询问。她摇头，指了指脚镣：“你能不能帮我解开它，太疼了。”

你蹲下来看了一会儿锁，跟自己的并无二致，便说道：“这应该挺简单的，密码就在你的脑子里。”

“啊？什么意思？”

你本想试试自己的密码，但又觉不妥，便问道：“你有之前的记忆吗？”

“有啊！”

果然跟自己的情况不一样，所以密码大概率也是不一样的。

“那你回忆回忆，自己是怎么来到这儿的。有没有什么关键词是这上面有的？我刚看过了，两个轮盘，每个上面是十二个字，其中一些能组成常用的词组。”

姑娘思索半晌，摇头道：“没什么词啊，而且我也不知道自己是怎么来到这儿的，我只记得，自己快要死了！”

【恭喜 1 号玩家成功解开密码锁，接下来，请挑战其他玩家的密码锁！】

2号玩家：胡依依

“我叫胡依依，今年二十三岁，虽然大学刚毕业不久，但已经结婚一年了。我丈夫是我大学时的偶像，一位频见报端、才华横溢的作词人。能跟偶像恋爱、结婚，本该是天底下最幸福的事情，奈何生活总是难以预料。我丈夫在外人面前谦逊有礼温文尔雅，在家中则是另一副模样。

“他似乎有很多秘密，比如从不让我去他的地下室，而且他抽烟，酗酒，熬夜，精神很不稳定，常常因为写不出词而乱发脾气。我怀疑他得了焦虑症，劝他去看心理医生，但他不听，还说我嫌弃他，不够爱他，不体谅他。我有苦难言，我要是不爱他，又怎么会成为他的出气筒呢？我知道你好奇我身上的伤，没错，就是他打的。酗酒似乎总跟家暴相关，很讽刺吧，年少时心心念念的男神，居然是一个家暴男，而且是结了婚之后才发现的。”

你有些疑惑，问道：“为什么不离婚？第一次被家暴的时候，就应该报警。”

“是啊，在网上大家都这么说，可是你知道吗？要离开一个自己深爱的人有多难。他也是受害者，他也饱受煎熬，他整宿整宿睡不着，头发抓成了鸡窝形状，就是没有灵感，就是写不出好词。他焦虑，他痛苦，他无处排解。他动手之后，也会反省自己的错误，跪在地上哭成一个泪人，我就站在那儿看他抽他自己，感觉像是在看一个被世界抛弃的孤儿。除了我的怀抱，似乎没有其他地方可供他取暖了。”

你忍不住冷笑道：“每个家暴男都是这样的，性格在两个极端之间反复跳跃，你越可怜他，他就会越放纵。”

“道理我都懂，可你知道温水煮青蛙吗？很多事情都是潜移默化的，在相处中投入了太多的沉没成本，就舍不得放手了，总是祈求着他会改的，他熬过了这段瓶颈期就会好的。但没想到，他还没改，就出了事故。

“前不久，我爸邀请我们去郊外的度假山庄散心，就快到的时候，却在盘山公路的转角撞到了一个突然冲出来的人。当时我正在跟我爸通电话，是我丈夫开的车。本来这件事我们不用负全责，但因为他之前喝了酒，所以为了逃避醉驾全责，他跪下来求我坐上驾驶座。我下去查看，发现人已经被撞死了，便死活也不肯答应，谁知他性子一急，又开始动手，抓住我的头发，把我的头使劲往车窗上撞。我被撞得头破血流，直接昏死过去，再醒来，就已经被困在这里了。”

你本想对这个姑娘说点什么，但又不忍，总归是可怜人。你叹了口气，问她：“要不我帮你试试密码，不过万一锁死了你可不能怪我！”

胡依依点头：“没事，我相信你。”

你拿着这个密码锁，慢慢将两个滚轮拨到合适的位置，郑重地按下了红色按钮。

3号玩家：周冰

你向另一个人走去，那是一个金丝眼镜男，正神情冷漠地靠在墙角。

“你是谁？”他充满了防备。

你摇头：“我忘了，但这不重要，我来是想帮你解开脚镣。”

“为什么你能解，为什么要帮我解？”

你晃了晃自己的脚:“至少我有过成功经验, 至于帮你, 只是觉得在这种危险的环境里, 只有互帮互助才有出路。”

他推了推眼镜 :“说得通, 来吧! ”

你蹲下来一看, 锁果然都是一样的, 便抬头说道:“密码是一个跟你有关的词, 你必须给我讲讲自己来这儿的经过, 我才好总结出密码。”

“我叫周冰, 是一个律师。我记得自己只是像往常一样在家里睡了一觉, 醒来就到这儿了。”

“那再之前的呢? 你有没有什么奇遇, 或者得罪了什么人? ”

“奇遇没有过, 不过要说得罪人, 那可太多了, 这是律师行业的天然属性, 特别是我供职的事务所还经常接一些刑事案件, 为被告人辩护。我打过最知名的一场官司, 就是让一个本该被送进大牢的人无罪释放了。”

你有些无语 :“这样真的好吗? 律师就可以不讲正义吗? ”

周冰摇头 :“律师讲究的是程序正义, 而非道德正义。因为道德没有标准, 但程序有, 我作为被告人的辩护律师, 很好地履行了自己的义务, 并且在专业上也完成得非常出色, 所以我为自己骄傲。”

“最近有接到类似案件吗? ” 你问他。

“有的, 最近接到了一个知名作词人醉驾肇事的案件, 原告方怀疑我的当事人醉驾, 但我的当事人却称事发时自己正在副驾驶座上打盹, 是自己的妻子开的车。他的妻子因为撞破了头而陷入了深度昏迷, 目前正在医院接受救治。”

你若有所思：“原来是这样，那这件案子进展到哪一步了？”

“因为事发路段没有监控，所以目前还在等待法医对我当事人的妻子的伤势出具鉴定报告，看是否为车祸所致。被撞的死者最后一次出现在监控里是在山顶的度假山庄门口，他像是在逃避什么，一路疾奔而下。根据推断以及我当事人的描述，他是在转角的地方突然冲出来的，车子避无可避所以撞了上去。”

你感觉可笑：“可你之前不是说，那个作词人在副驾驶座上睡觉吗？他怎么又看见了？”

“打盹而已，时睡时醒。”

“所以你情感上还是偏向于他无罪？”

“不是，我是一定要想方设法证明他无罪，因为这就是我的工作。”

“可你有想过被害人吗？他难道就活该？肇事者被判死刑不该是天经地义的吗？”你有些激动。

“这不关我的事。”

你盯着这个神情冷漠的中年人看，越看越觉得他是一个没有情感的怪物。

你不再多话，低头拨动密码锁的滚轮，直到看到了两个字，这大概就是他的密码了吧。

你调整好密码锁后，坚定地按下了红色按钮。

4号玩家：李茹风

一个短发女孩，正坐在地上用拳头砸着脚镣上的锁。

你走过去蹲下想跟她一起砸，她却推开你的手说道：“你力气太小，不顶用！”

“你力气大就顶用了？”

“没办法，总得想办法弄开，又不敢乱试，万一锁死了呢！”

你看了看她的密码锁：“我来试试吧，你跟我说说你是怎么来的，我帮你破解密码！”

“靠谱吗？”女孩狐疑地看了你片刻，似乎也没有更好的办法，“好吧，我叫李茹风，是一家度假山庄的健身教练，平日里体力能解决的问题，我从不拜托别人，但今天这个密码锁，确实是超纲了。”

李茹风坐在地上，将脚自然舒展到你跟前：“其实我也不知道自己是怎么来的，我只记得昨晚下班回家，在沙发上坐了一会儿，突然犯困，就睡了过去，醒来就成这副样子了。”

“突然犯困？”你捕捉到了异常点。

“确实有点奇怪，我的生物钟以往都很准时，不该那么早睡觉的，也许是昨天太累了吧。只是我迷糊的时候感觉到有风从外面吹进来，居然忘了关窗户，着凉了怎么办呢？”

“居然只是在担心着凉……”你小声嘀咕了一句，又问道，“你最近有得罪什么人吗？”

李茹风咬着手指想了想：“如果硬要说得罪，倒是有一个人。那是一个小偷，前几天来山庄偷东西，被我抓了个正着，我上去就是两记重拳，打得他落荒而逃。后来听说他跑得太急，在山路上被车撞死了。我觉得这个责任不在我，他要是不偷东西，我能打他吗？再说，谁能想到他逃跑都不长眼睛呢！”

你赶紧宽慰道：“别急，没人说是你的责任……但是呢，下次再有这种情况，咱们能不能换掉女侠思维，想想其他办法，比如先控制住他，问问他是来干什么的，最后再报警处理，会不会更妥当一些呢？”

“你是在说我莽撞？”

“不不不！”见李茹风握紧了拳头，你赶紧摇头。

李茹风面露沮丧：“其实你说得对，有时候我确实不爱动脑子。但这件事真的是我运气不好，那天本来是轮到我休息的，一个姓胡的 VIP 客人却指名要我指导他健身，还规定了具体时间，我这才撞上了那个小偷。可气的是，最后客人居然放了我鸽子，你说我冤不冤？”

你附和道：“冤，确实冤……别动，我要帮你解锁了！”

你调好猜出来的密码，按下了红色按钮。

5号玩家：九爷

没想到，这里还关着一个六十出头的老者。不过他头发后梳，衣装笔挺，一看就是个讲究人。

他见你走来，开口便问："我看见你解开了自己的锁，所以你愿意帮我解开吗？"

你点头："当然！"

"什么条件？"

你摆手："不需要，我只是尽力帮忙，不担保一定解开。"

老者笑了："挺好的年轻人，放心去做吧，需要我配合什么？"

"可能需要你讲述一下自己来这之前的事，或者个人奇特的遭遇。"

"原来这个锁需要这样解吗？"老者颔首，慢慢说道，"我姓古，名九明，得人抬举，被尊称一声'九爷'。我生平奇特遭遇无数，但料想都跟这次绑架无关，只说最近的一个事吧。我公司有一个小兄弟叫二郎，为了给哥哥治病，干活儿十分卖力，我一直挺看好的，可惜最近查到他吞了公司一笔钱。我理解他的难处，但这事确实触碰到了底线。于是我给他安排了一个将功补过的任务，去市郊的度假山庄'拿'一份文件。没想到的是，他居然在山路上被车撞死了！"

你有些疑惑："拿一份文件就可以将功补过？"

"你有所不知，这份文件对我非常重要……"九爷叹了口气，“我呢，有一个不成器的女儿，迷上了一个油头粉面的小子，我看不上他，奈何女儿早早跟他生米煮成熟饭，我只好认栽。但没想到的是，结婚之后，这小子对我女儿并不好，我三番五次派人去警告，女儿的境遇却并未好转。无奈之下，我只有逼他跟我女儿离婚，他倒是也不客气，直接索要我名下三分之一的财产。”

你问：“你给他了？”

九爷点头：“我四十才得一女，一直宠爱有加，千金也难换她。我跟他签订了产权转让协议，从他俩离婚开始生效。这小子也机灵，没有把产权转让协议放家里，而是藏在了别的地方，可一切都逃不过我的眼睛，所以我让二郎偷偷帮我‘拿’回来。只是谁能想到二郎短命呢？”

“二郎的死真的只是意外吗？”

“当然。”

“你拿回协议，他知道后不肯离了怎么办？”

“他未必会知道。”

“也许一场车祸能分散他的注意力，而且还能让他背上官司？”

九爷嘴角一抽，脸黑了下来：“我不明白你在说什么。”

“那咱们换一个话题吧，九爷您如此神通广大，为什么会被绑架？”

九爷眼神有些浑浊，他哀声道：“最爱之物落入他人之手，威胁之下，即使有任何神通也没了法子。”

“大概明白了！”你点点头，“你的密码我早猜出来了，现在就来试试吧！”

说完就拨好滚轮，按下红色按钮。

6号玩家：包小东

戴黑框眼镜，穿着格子衬衫，额发很长的青涩大男孩，正坐在墙角发呆。

“程序员吗？”你走过去问道。

他颇为腼腆，不敢抬头看你，只是摇摇头。

“我帮帮你？”你又问。他点头。

“你不能这样，你得说些什么，这样我才好猜出你的密码。”

“那……该说些什么呢？”

“你叫什么名字？”

“包小东。”

“你有异于常人的过往吗？你记得自己是怎么来到这儿的吗？”

“……被关起来，算是异于常人吗？”

你抬眼看他：“你之前就被关在这里？”

“不，你误会了！”他摇头否认，像是做了什么错事一般，唯唯诺诺道，“……之前被关在别的地方。”

“为什么会被关？被谁关？关了多久？”

“两年。”他声音很小，可谓气若游丝，好在密室足够安静，“我跟他本来是同学，毕业后他进了音乐圈，成了知名作词人，而我宅在家里写网络小说，写了几年成绩并不理想，所以也想写词。本来我想借助他的渠道发表，他一开始也表示愿意，但拿到我的词后，却说写得不够大气，有着阅历不足导致的局限。不过他说他可以帮我修改，条件是作品得署他的名，因为署我的名没有歌手会要。

“我没有同意，写过小说的人都明白，署名权意味着版权，而版权非常有价值。他见我一直不松口，只得跟我交底，他说我确实很有写词天赋，但他也有自己的难处——他正处在瓶颈期，写不出好词，偏偏跟公司有合约，每年都得提供定质定量的词稿，拿不出就要赔付大笔违约金。所以他求我帮他写稿，帮他挺过这段特殊时期。

“我从小就不太会拒绝人，又看他说得声泪俱下，颇为诚恳，便答应了。可是随着我的作品越写越多，甚至有几首还成为流行歌曲，获了奖，他就开始兜不住这个谎言了。在他领完奖的第二天，我俩就此争执了起来，后来他索性承认骗了我，并且开始用自己的行业地位威胁我，说如果我不顺着他，就动用自己的人脉资源彻底封杀我。

“我明白他有这个能力，所以害怕了，认输了，只好继续给他写词。后来有一天他翻看我的电脑，查到我用浏览器搜过‘如何捍卫自己的版权’‘侵权了报警有用吗’等信息，便暴跳如雷，骂我忘恩负义不是东西。我说那只是随便搜的，并没有那种打算。但他并不信，强行把我锁进了他家的地下室，说是让我面壁思过，结果这一锁，就是两年。”

你听后竟久久不能言语，思来想去，只得叹息一句：“人善被人欺，马善被人骑，人哪，还是不能太㞞。你一个身强体健的年轻人，没缺胳膊没少腿，为什么会被他吓住、制住呢？”

“是我的错！”他低头道歉。

“不是，你向我道什么歉啊！”你有些郁闷。

“啊，不好意思，习惯了！”他还是在道歉。

你决定跳过这一茬，直接问他：“那你是怎么来到这儿的，是被他转移过来的吗？”

“不是……其实这两年里，他用来拴我的锁链早已经锈掉，昨晚他来门口送饭，我装病把他引了进来，然后趁他没有防备，用卸下来的手铐砸晕了他。逃出地下室之后，我在他的衣柜里找了一套干净衣服换上，刚想离开，屋里却响起了门铃声。我胆战心惊，透过猫眼看了半天，外面并没有人，我以为是快递，等了半刻钟才小心开门，谁知道刚一走出去，就被人敲晕了。再醒来就到这儿了，从一个囚牢转移到了另一个囚牢。”

你沉思了好一会儿：“你的密码我猜出来了，但你的事我得好好想想。”

“你先帮我打开吧，求求你了！”他第一次抬眼看你，目光里尽是乞怜与无助。

你只得点头，调好密码，按下了红色按钮。

最后

与被关在这间密室的五人逐一见了面，但并没有人认识你，他们讲述的故事也没有唤醒你的任何记忆，你有些苦恼，但当务之急是要逃出去。你在密室转了一圈，发现有两扇沉重的门。

一扇上面刻有五个简易图形，分别是：太阳、利剑、盾牌、羊羔、水。图形下方是五个手掌形的凹陷。你并不笨，一看就知道是需要五个人把手按上去才会启动的机关，但是密室里不是关了六个人吗，为什么只需要五个手掌？而且图形代表了什么意思？如何对应到具体的人呢？

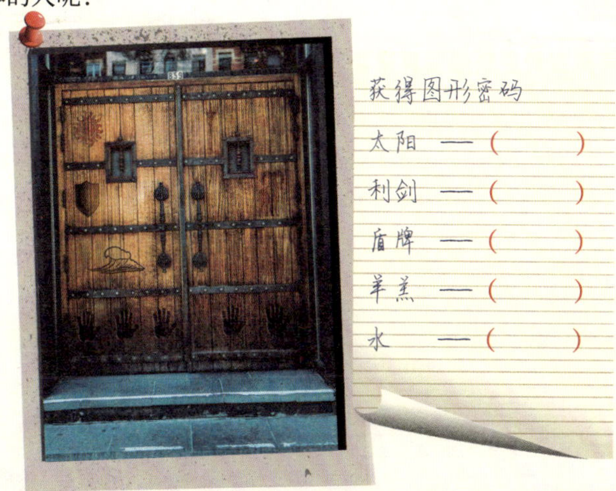

提 示

红色的括号内需要1号玩家填写对应的玩家人名，填错不影响分数，但请谨慎决定！填完后可前往《游戏手册 · 真相专区》核对正确答案。

另一扇门就简单很多，上面没有图形，没有手掌机关，只有六盏灯。不过，为什么这里又是六盏了？你心中充满了疑问，但这时你猛地一阵咳嗽，咳出了一大口黑血……必须要进行抉择了。

游戏结束

游戏结束，请1号玩家前往《游戏手册·抉择篇》统计之前的得分，并按分数进入对应的结局！

谋杀局中局

MOUSHA JUZHONGJU

出题人： 维C布加橙

沉默侦探社

欢迎来到沉默侦探社，我是一名私人侦探，我叫陈墨。

这个世界光怪陆离，而真理就像个三棱镜，唯有将所有的光束重叠，才能看见真正的阳光。

案件信息导入

案件记录

编号：CM56973

死者：程紫丰，女，30岁，N大中文系毕业生。现供职于N城报社，新闻记者。

时　　间	4月1日，15点30分
地　　点	南新街44号，国王俱乐部

现场观察

死者表面无明显外伤，死亡时坐在靠背木椅上，手边有零散的纸张和照片，还有一些笔记内容。右手握着游戏道具中的投票器，屏幕显示停留在投票页面。

嫌疑人	梁宽、周卫明、秦苏、黄娇艳、白榕

案件背景

死者与其他五名嫌疑人在一周前收到了来自国王俱乐部周年庆免单活动通知，应邀参加本次愚人节专场剧本杀"谋杀局中局"。

案件记录

编号：CM56973

今日时间线

~~13点30分，~~人员到齐后分别进行了简短的自我介绍，并且抽取了相关的角色剧本，在各自的单人房间内进行阅读。

~~14点整，~~所有人员准备完毕，上交了手机以及各自角色剧本，进入场景游戏。

~~14点10分，~~玩家分别进行了简单的角色介绍，之后分组进入现场搜证。

~~14点30分，~~玩家全部回到会议室进行讨论分析，共享线索。

~~14点55分，~~程紫丰作为侦探角色，单独进入投票房进行第一次投票。

~~15点整，~~程紫丰未离开投票房，其他玩家拍门催促无反应。

~~15点03分，~~陈墨到达现场。

~~15点05分，~~陈墨联系俱乐部工作人员，打开了投票房，发现程紫丰坐在椅子上无知觉反应，此时心跳、呼吸均无，立即报警并呼叫救护车。

~~15点17分，~~警方到达现场，并进行封锁。

本关任务

1.揭开程紫丰死亡的真相。（3分）

2.找到杀害苏蕊的凶手，揭开剧本杀的真相。（2分）

案发

“死者的表面没有明显伤痕，嘴唇和甲床也没有明显的中毒迹象，不像是外伤或者中毒导致的死亡。根据相关人员的口供，死者的死亡时间应该就是从她进入这个房间之后的 14 点 55 分到 15 点 05 分，这 10 分钟的时间里。”

赵联走到国王俱乐部投票房门口的时候就看见了一个年轻男人正站在离死者不远的地方，一只手插在裤子口袋里，另一只手的虎口撑着下巴，一边弯腰观察着死者，一边自言自语地说着什么。

赵联拉住旁边的警员，压低了声音问道：“那个，什么人啊？”

“哪个？那个啊……是报案人。”

赵联松开了手，微微皱眉，似乎在思考什么，没一会儿就走上前去。

“你好，刑侦大队赵联。”赵联拿出自己的警员证站在了陈墨的面前，随即看了一眼坐在椅子上的死者，问道：“听说你是报案人？当时是什么情况？”

“我叫陈墨，是个侦探。”陈墨从上衣的内侧口袋里拿出名片递给赵联，“我是接到了死者的委托到这里来的。”

“死者的委托？”赵联轻笑，“你也不容易，这样看来是收不到委托金了。”

“恰恰相反。”陈墨微笑，“她对我的委托正是由她死亡之时才正式生效的。”

赵联一愣，不知道陈墨这话到底是什么意思。难道……

“这是一封真正的死亡委托书。”陈墨再次从上衣的内侧口袋里拿出一个信封，递到了赵联的面前。

信件展开……

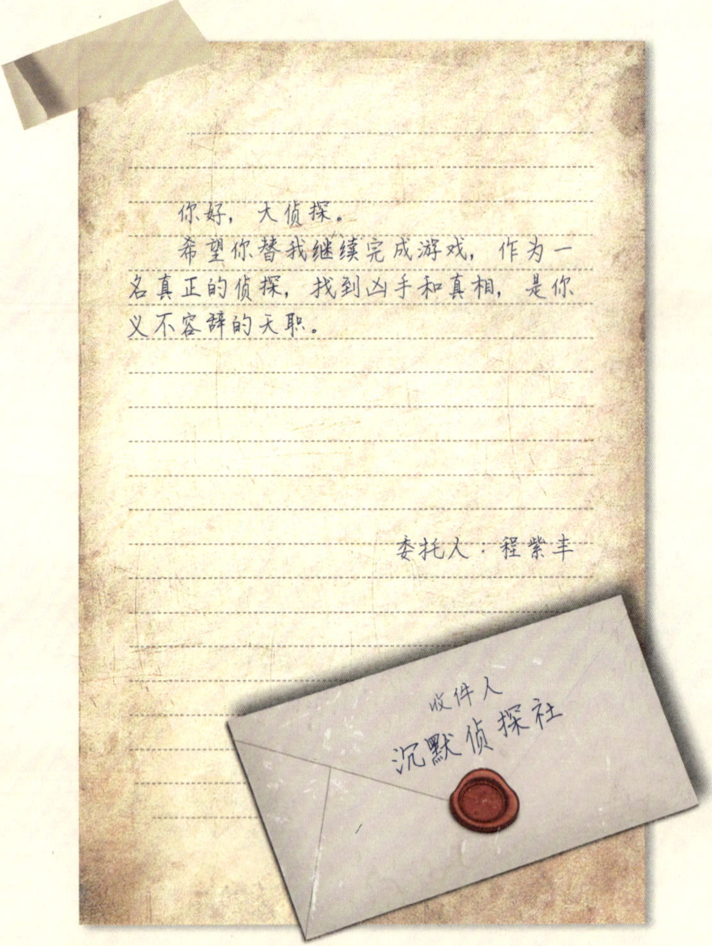

你好，大侦探。

希望你替我继续完成游戏，作为一名真正的侦探，找到凶手和真相，是你义不容辞的天职。

委托人：程紫丰

收件人

沉默侦探社

另附一张邀请卡……

亲爱的玩家：

祝贺您成为国王俱乐部周年庆免单活动的玩家，本轮您的角色是侦探。同时为了增加游戏的难度和乐趣，结合愚人节主题，收到侦探角色的玩家拥有特殊技能“分身”。您可以将属于自己的剧情和能力指名给另一位朋友，让他也加入到这个游戏中来。但“分身”技能只能在您无法继续完成游戏任务时才能启用，启用暗号为：白雪公主。

预祝您和您的朋友游戏愉快。

国王俱乐部

“什么意思？”赵联拆看了陈墨信封里的东西，一头雾水。

“大概三天前，我收到了国王俱乐部的邀请，说今天是周年庆活动，我可以在这里免单一整天。虽然我一开始并不想来，不过就在今天中午，我收到了这个。”

陈墨回答道，“看起来程紫丰应该是把我选作了分身，所以我才收到俱乐部的邀请。她好像知道自己没法完成游戏，这让我很好奇，如果真的有危险的话她为什么不肯停止这场游戏呢？所以我就过来了。我到这里的时候，她似乎就已经死了。”

“所以呢？”赵联看着陈墨，看他似乎并没有说完的样子。

“所以我接受了她的委托，准备替她完成这个游戏。”陈墨笑着看着赵联，一脸自信道。

“赵队，你就这么放任那个小子这么胡来？”刑侦队的小方蹑手蹑脚地走到了赵联的身边小声问道，一双眼睛还眯着直勾勾地盯着不远处的陈墨。

赵联没说话，他掏出烟，点了一根。

国王俱乐部在警方戒备下已经全面封锁，警方安排了警员给所有人录口供，同时在调查所有人员的资料和背景，尤其是死者的背景和人物关系。

就在警方忙得不可开交的同时，陈墨却大摇大摆地在国王俱乐部内左顾右盼，不知道在看什么。没过多久陈墨就告诉赵联，如果警方已经询问完口供，他希望能够和几名玩家将游戏进行下去，完成这次的剧本杀。

所有人都对陈墨的这个提议感到不可思议，毕竟现在死了人，俱乐部还能不能继续营业都是问题，怎么会还有人有心思继续玩游戏呢？但是赵联竟然批准了，让被列为嫌疑人的几位玩家和陈墨继续进行未完的游戏。

虽然让人困惑，但刑侦队的人都相信赵联有他的考虑。事实上，赵联确实有他的想法。

一方面，程紫丰给陈墨的安排显然是知道自己很有可能在今天遇害，而在她的委托书中，似乎并不是要陈墨找出杀害她的凶手，她信中的“凶手”似乎另有所指。这一切只能按照程紫丰所说的，“继续”完成游戏，或许就能找到线索。

另一方面，赵联看过几个嫌疑人，也就是今天的另外五名玩家的口供和简单资料，觉得这几个人今天出现在这里，并且和死者玩游戏并不是随机的，而是被特意挑选的。但这只是赵联作为一名老刑侦的直觉，他没有证据。而陈墨，就是他的“搜证犬”。

“我倒是蛮好奇的，这小子能搞出什么事儿来。”赵联笑了笑，“他查游戏里的凶手，我查现实中的凶手，倒也挺有意思，不是吗？”

赵联拍了拍小方的肩膀，走了出去。

解锁道具：剧本杀（请打开“剧本杀”的信封袋，你可以选择跟朋友先体验“剧本杀”再闯关，也可以选择直接浏览“剧本杀”的所有信息。注意：“剧本杀”的剧情或许跟案件有关哦，请留心所有可能的线索！）

国王俱乐部

五个嫌疑人现在都坐在会议室里，那里本来是玩家集中讨论的房间。小黑板上还记录着他们第一轮搜证过后留下的线索整理，但此刻的会议室可没有了之前的热闹，寂静得就像是半夜里的坟场。

赵联透过单面镜正好能看见房间里的一切。

“大家好，我是陈墨，是个私家侦探。”陈墨走出了投票房，回到了会议室里，对着众人说道，“具体的情况赵队应该已经和各位说过了，接下来我会代替程紫丰继续完成本次剧本杀游戏。那么按照游戏流程，接下来大家就一起到场景里去搜证了，还有什么问题吗？”

“有，当然有。”这时候黄娇艳冷哼一声，双手环抱在胸前道，“这死了人的地方，谁还敢去啊。要去你们去，我可不去。”

“就是，这人怎么死的都不知道，万一就是这场景里什么东西给害死的，我们这不是去找死吗。”白榕也连忙附和道，说话的时候还看了身边的梁宽一眼。

“谁知道是不是贼喊捉贼呢……”秦苏低着头极为小声地说道，看了一眼白榕和梁宽两人。

“你这话什么意思？说我是杀人凶手？你给我说清楚！”梁宽瞧见了秦苏正看着他，立马一拍桌子暴怒咆哮道。

“都冷静点！”这时候一直没吱声的周卫明压低了

声音说道，扫了一眼所有人。

房间里当即就安静了下来，陈墨一愣，倒是没有想到一直沉默不语的周卫明竟然这么有威慑力。只见他缓缓站起身，拉了拉身上的衬衫，扫了一眼所有人，最后目光停留在了陈墨的身上。

“只要我们配合完成游戏，就能走了是吧？”周卫明看着陈墨问道。

“是的。”陈墨点点头。

他伸手看了看手表，随后说道：“现在是16点47分，按照原本的规定，一场剧本杀的总时长不算个人剧本阅读是4小时，第一轮集中讨论结束时应该是15点左右，也就是耗时1小时，那么我们还有3个小时的游戏时间，快一点我们能在20点之前结束。还在这儿吵什么？都不想回家了是吗？愿意坐在这儿被当作嫌疑人盯着一举一动是吗？”

周卫明说话的时候一直很平静，也没有什么表情，但无形中就是有一股巨大的威力，原本吵吵嚷嚷的几个人这时候都低下了头。他看着众人的反应，随后又转过身对着陈墨。

“陈墨是吧，虽然我不知道为什么警方会要求我们继续完成游戏，但是既然这么安排了，我们自然是会配合警方行动的。既然还在游戏里，那么你就继续安排后面的进程吧。”

“那按照游戏流程，我们就回到场景里进行集体搜证吧。”陈墨微微一笑，说道，心里却已经对这个周卫明有了不一样的关注。

陈墨看着这几个人磨磨蹭蹭地站起来，显然是不情不愿地离开了会议室，往场景走去。周卫明走在最后面，不知道是不是故意的，他走的时候拍了拍梁宽的肩膀，陈墨明显感觉梁宽的身子僵硬了一下。

看着会议室里发生的情形，赵联越觉得这里头有隐情，特别是看了小方刚刚递给他的资料之后。

这次剧本杀的活动是俱乐部的周年庆活动，本来受到邀请的玩家都应该是俱乐部中剧本杀的忠实玩家，但是在这群人里，除了死者之外，没有一个人玩过这类游戏。

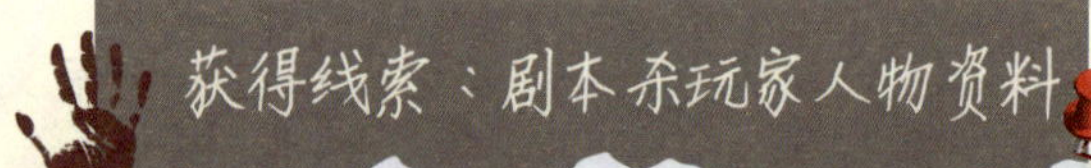

部门经理

梁宽

性别	男	年龄	29

在家族企业担任部门经理。他父亲是知名企业家，家里生意做得很大。初高中都是在国外读的，不过大二的时候因为玩车出了意外，之后就回国读了两年大学。他和国王俱乐部的创办者是朋友，喜欢玩极限运动和刺激类的游戏，经常在国王俱乐部的派对中出现，但从不玩推理游戏。

白榕

性别	女	年龄	28

白富美

典型的白富美，父亲是政府要员，母亲是法官。她容貌出众，从小就练习舞蹈，现在在省话剧团做话剧演员，读大学的时候还当过模特，在圈里小有名气，去年拍了一部网络大电影也算红了一把。白家和梁家的关系一直都很好，所以有八卦杂志说白榕有一个富二代男友，暗指梁宽。

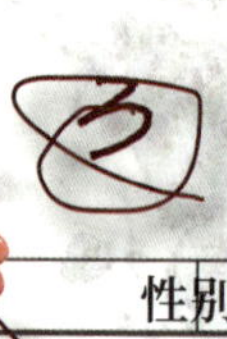

秦苏

性别	女	年龄	28

普通职员

在梁氏企业工作，职位中等，父母都是普通工人。她是 B 大毕业的高才生，读的是金融，但是兼修了小语种，所以在对外业务上有优势。她是国王俱乐部的会员，但平时几乎不出现在俱乐部，只在每年俱乐部周年庆的时候才出现。

周卫明

性别	男	年龄	35

海归

某金融机构副总，海归。他是国王俱乐部的创办者之一，但属于只投钱的那种。周卫明是一个很有经济头脑的人，所有能赚钱的行业他几乎都涉足。这个俱乐部是他早些年从朋友那里知道的，创建初期缺了点资金，他就借机投了钱，每年收分红。虽然是终身会员，但他从来没有来过这里，更不要说玩游戏了。

黄娇艳 ⑤

性别	女	年龄	30

美容院老板

店面在市中心，业绩不错，也算得上是个有钱人，20岁就结婚了，不过三年前离了，之后就一直没有再婚，围绕在她身边的男人不少，上到钻石王老五下到年轻富二代，可以说是“老少通吃”。她经常出现的地方都是健身房、高级会所、奢侈品店、酒店、饭店等，像国王俱乐部这种知名度不高的小游戏俱乐部，并不在她的活动范围内。

这些人和程紫丰都没有任何的交集，除了国王俱乐部。

所以，将这些人聚集起来的，只能是这个俱乐部。但是为什么这些并不热衷于剧本杀游戏的人会参与到这个周年庆的游戏里呢？看他们的表情，事情并没有表面上那么简单。

“赵队，有发现。”就在这时候，小方忽然气喘吁吁地跑过来，“我找到了俱乐部周年庆活动负责人，他说这次活动是通过随机抽取决定的，邀请函是通过信件寄出的，但是我查过了，被抽中的根本不是这几个人。”

“不是这几个人？”赵联皱眉。

“我按照俱乐部里的信息查过了，他们说没收到过这样的邀请函。邀请函是无记名的，收到的人可以转赠，确定会来才登记玩家信息。”

“那里面这几个人呢？”

“去他们家走访的同事说，里面这几个人收到的是邀请函，信封的那种。”小方一边说，一边拿出了一叠信封，“就是这个。来的时候以此为证，俱乐部会收的。”

赵联抽出信封里面的卡片。

亲爱的玩家：

你好！

恭喜你抽中国王俱乐部周年庆活动的剧本杀免单福利！请于4月1日前往俱乐部，以此为凭证可参与活动，游戏胜利者将获得特殊奖品！（另：若无法参与可将此邀请函转赠或联系俱乐部退回。）

国王俱乐部

赵联将每张卡片和信封都举起对着光看了看，瞧出了些眉目。

邀请函都是黑色硬卡纸，烫金文字。信封是普通的白纸信封，在灯光下有点透，外头用的是大红色的漆封，还有印章图案。每个信封内侧都有一些黑色的点，位置和数量都不一样。赵联放下信封的时候瞥见小方一双眼睛正乌溜溜地看着他，透着些得意，就差没在脸上写“夸我”两字。于是赵联拍了拍他的肩膀。

“瞧出什么门道了吗？”赵联一边拿起一叠卡片在手心里拍着，一边问道。

“门道？什么门道？不就是有人故意让这几个人来

吗？”小方一愣。

“那你说这几个人为什么就来了呢？”

“这不就是收到邀请函了吗？”

“你这个脑子！”赵联一拍他脑门，“其他的不说，你就说这个黄娇艳，她收到这个邀请函不莫名其妙吗？她从来没来过国王俱乐部，也没玩过剧本杀，那她为什么来了？”

“为什么……对啊！为什么啊？”小方一拍自己脑门，恍然大悟似的问，“赵队，这是为什么啊？”

“再仔细看看这个。”赵联把一叠信封和卡片搁在了小方的怀里，就走开了。

小方看了看手里的东西又转头看看赵联，立马追了过去，还一边喊着：“赵队，等等我！你倒是告诉我啊！”

调查

“游戏里的事情就交给陈墨，派人盯着这里，没结束就别让他们离开，知道吗？”赵联走出了国王俱乐部的大门，还是忍不住嘱咐身后的小方。

“赵队你放心，有我在，一定顺顺利利。”小方拍着胸脯保证道。

赵联点点头，随即拉上了外衣的拉链，双手插在口袋里快步向外街走，没多久，就开着车扬长而去，前往下一个目的地：程紫丰家。

获得线索：程紫丰的个人资料

地址：城东浣欢花园，那一片都是高档小区，后面挨着的就是景观别墅区。

个人背景：她表面上是个新闻记者，但其实也是个网络小说作家，在J网上连载小说，ID名“一颗疯橙子”。她的小说本本都是爆款，不少作品已经印刷出版，甚至卖了影视改编权，最早的两部作品已经被搬上了大荧幕。

她的作品跨越各个领域，都市职场、科幻、悬疑推理都有，但大都属于纪实一类，文风犀利，能够抓住当下社会的焦点、痛点，之前就有读者猜测她可能是新闻媒体行业出身。

根据小方调取的程紫丰的银行流水，她确实挺有钱的，单单靠写小说就能年入五十万。就像小方说的，写小说这么赚钱，为什么还要当个辛辛苦苦还不赚钱的新闻记者，整天风吹日晒的？赵联也不明白，一个女孩子家，怎么想的。

他托同事找了不少程紫丰写的新闻报道，发现这个姑娘有点轴，报道的新闻都挺得罪人的。而且她喜欢深度挖掘，就好比她追踪的一起养老院虐待老人的新闻，整整跟了九个月，把这个养老院的结构以及工作人员、在院老人特别是受虐老人的家庭情况、家庭背景等都挖了个底朝天。和其他媒体单纯报道“虐待”不同，她从各个方面的调查来推断这件事的来龙去脉，这才让事件真相得以公布。原来并不是养老院的陪护虐待老人，而是老人自己逞强受了伤，却又怕因此在养老院不被子女待见，才谎称是被虐待，要求回家。

在程紫丰坚持不懈的调查和追踪之下，原本被社会舆论讨伐的养老院以及陪护才得以洗刷冤屈，而老人的子女也知晓了老人真实的感受和需求。

而这只是她众多报道中的一个而已。

由此可见，她是一个执着到有些偏执的人。这样的人做事往往很有规划和条理，甚至会预先准备好各种意外情况下的备选方案。因此，她选择了陈墨作为她游戏的备选人，赵联几乎可以断定，她已经知道自己会死在这个游戏里。

那么理由呢？到底是什么让她如此确信，自己会死在一个剧本推理游戏中？她一定是掌握了什么，也因此引来了杀身之祸。

赵联的车停在了浣欢花园的大门口，程紫丰就住在这里的3幢2单元2202室。

鉴证科的人也已经在路上了。

程紫丰住的是个小套房，两室一厅，两个卧室都朝南，采光很好。

赵联走进了她的书房，作为一个网络作家和新闻记者，书房一定是最能找到她相关信息的地方。

首先引起他注意的就是书架。她的书架是木质的，古色古香，分成了一层一层。她在书架上的一些地方贴了彩色的胶带，并且在胶带上印有不同的罗马数字。

最左边的那一列书架，贴着红色罗马数字Ⅹ和黄色罗马数字XIII。

中间的那一列书架则贴有蓝色罗马数字XXI和绿色罗马数字Ⅰ。

最右边的那一列书架上贴着白色罗马数字Ⅰ和黑色罗马数字XV。

她的书桌整理得很干净，正中间放着笔记本电脑，右上角是笔筒，旁边还有一本便利贴，没有内容。顺着书桌看上去，赵联发现墙上的装饰很有意思，是两张打卡海报。这个有段时间在网上很红，就像是刮刮乐，每完成一样就把那一项的贴纸揭开，露出内容来。

房间线索1：打卡海报

右边是50本图书打卡海报。其中被揭开的是《红色海洋》《蓝血人》《黄金时代》《白夜行》《乌合之众》。

《红色海洋》

《蓝血人》

《黄金时代》

《白夜行》

《乌合之众》

《血色浪漫》

《海上钢琴师》

《发条橙》

《绿里奇迹》

《黑色大丽花》

墙上左边的是100部电影打卡海报。其中被揭开的有《血色浪漫》《海上钢琴师》《发条橙》《绿里奇迹》《黑色大丽花》。

直觉告诉他，这看起来个人风格强烈的布置似乎另有玄机。赵联把这些地方都拍了下来，然后走进了她的卧室。

程紫丰的卧室里挂着六幅数字油画，风格不同，尺寸也不一样，但都只有普通照片的大小，不规则排列组合挂在了墙上，别具一格。

“这个程紫丰是有多喜欢猫啊。”赵联忍不住感慨，一边把她的卧室布景也拍了下来。

就在这时候，鉴证科的同事也到了。

“赵队，有什么发现吗？”鉴证科的小刘走了过来，一边戴手套一边问道。

“这几幅画还有客厅的那几幅带回去看看，有点意思。”赵联指着墙上的油画一边说一边继续观察着房间，“还有她书房里的东西——笔记本电脑、随身笔记、翻阅比较多的书都带回去看看。文化人，线索估计都留得有一套典故。”

“行。”小刘点点头，刚准备走出去又回来，“赵队，你怎么知道她留下了线索？”

“怎么说呢……直觉吧。”赵联眯起了眼睛，“她给我的感觉不是被谋杀，像是她自己设好了连环套，光荣赴死。”

“自己设局让别人杀了自己？”

“有点这意思。”赵联笑了笑，“行，回头发现东西了告诉我，我去法医那儿看看。”

正当他准备离开的时候，小刘突然叫住了他。

“赵队！等等！”

赵联停下脚步一脸疑惑地看着小刘。只见小刘立马跑到了他的身前，几乎是趴在了地上，没一会儿，小刘用镊子夹起了一个小颗粒，放进了证物袋里。赵联也蹲了下来，仔细打量着那个乳白色的小颗粒。

“这是什么东西？”赵联问道。

“暂时不清楚，但我可能猜到了。”小刘封好了口袋看着赵联，“我觉得是豆腐猫砂。”

紧急会议

4月2日18点11分。市刑侦大队。

赵联走进了会议室，坐在椅子上的他只觉得全身疲软，就像是一摊泥似的，一点儿也不想动弹。他们整组人都在为了程紫丰的案件加班加点。

法医科和鉴证科的报告在凌晨三点多的时候送到了赵联的手里。除了现场之外，他们还去了程紫丰的住所、工作单位、父母家，走访了她身边所有的人员。现在关于程紫丰的一切都展现在了赵联的面前，也因此他们召开了这次紧急会议，商讨下一步的部署安排。

法医学尸体检验报告
FORENSIC AUTOPSY REPORT

死者，女性，30 岁。

死因是机械性窒息。死者的肺部有明显的水肿，双眼有针尖样出血点，都是窒息的典型特征。死者的口腔及鼻腔没有任何异物，肺部及呼吸道也没有明显的液体。死者的脖颈处有一条极细的勒痕，但不像是丝线，大约 0.5 厘米粗细。双手的手指僵直，成爪形。右手小指的指甲断裂，且边缘不规则，甲床处有干涸的血迹，是死者本人的。两侧双手指甲中均提取出木屑，和死者所坐的椅子成分相同，判断为挣扎时留下的痕迹。

在死者的胃部发现少量的食物残留，和死者的饮食相符合。在死者的血液中发现了安定的成分，浓度不小，足以使人昏睡 6~8 小时。

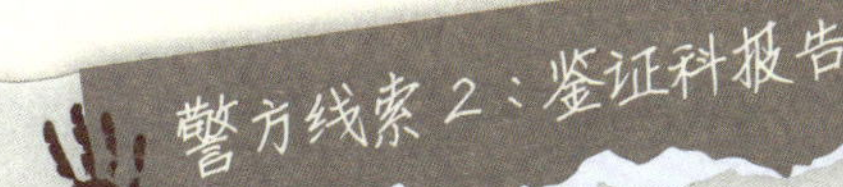

鉴证科报告

IDENTIFICATION BUREAU REPORT

死者所在的投票房为单独空间，根据证人所说，死者进入之后门由内部上锁，直到工作人员前来拿钥匙开锁。门锁位置没有撬动的痕迹，除了门之外该房间没有其他出入口。

投票房桌子下面有一个小垃圾桶，套着黑色塑料袋，里面有被喝完的咖啡杯，是死者生前喝的，在里面发现了安定的成分，和死者血液中的成分吻合。另外在俱乐部外面的垃圾桶内找到了装有安定粉末的瓶子。死者身边的用品上都只有死者自己的指纹，而游戏场景中人来人往，找不到针对性的证据。垃圾桶和垃圾袋上指纹复杂，每个玩家的都有。

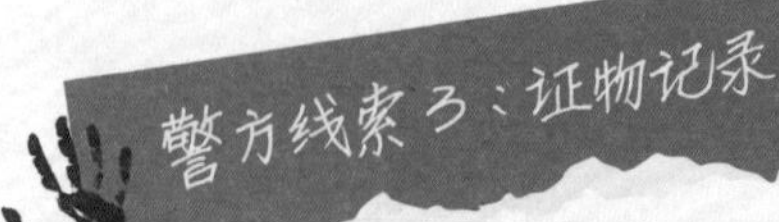

证物记录

EVIDENCE LOG

序号	名称	详细描述
1	死者的私人用品	在俱乐部的单人柜中发现了死者的背包，里面有手机、钥匙、纸巾、笔记本和签字笔，而且笔记本上有一页被撕掉了。根据写字留下的印记发现上面写着一处地址：德信大厦。
2	死者的手机	死者的手机中有一段视频，里面拍到了白榕、梁宽、周卫明、黄娇艳、秦苏几个人围在一起讨论什么事。看起来是偷拍的，没有录到他们说话的声音，但从这几个人的表情上可以看出来他们似乎十分紧张焦虑，甚至起了冲突。
3	在死者家中拍摄的照片	内容包括她的书房、卧室、客厅等。

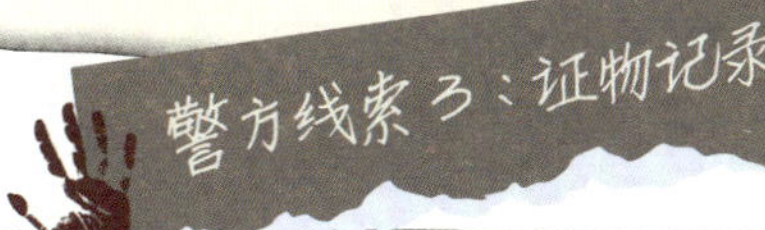

证物记录

EVIDENCE LOG

序号	名称	详细描述
4	死者的社交媒体	死者的手机内有很多猫咪的照片，大部分拍的是一只胖胖的橘猫。在死者的网络社交媒体上发现她经常分享关于这只猫的动态，并且称它为“肥仔”。
5	死者的电脑	死者的电脑中设计了多重防止破译的密码，而且只能通过一次性正确输入密码或者面部识别才能打开，一旦输入密码错误就会进行内部文件销毁。目前电脑技术人员无法破译，不敢擅自解密。
6	死者的出入账记录	死者的固定收入有三个来源：一是报社给的，二是出版社给的，还有就是她做的投资理财收入。除此之外还有一些零散的收入，是网站上的分成和打赏。而她的日常支出除了生活开销之外，每个月都固

警方线索3：证物记录

证物记录

EVIDENCE LOG

序号	名称	详细描述
6	死者的出入账记录	定往一个账户打钱，虽然数目不多，但从未间断。这个账户的开户人叫作苏欣妍，在三年前就已经去世了，之后账户转到了她母亲的名下。
7	死者的报道整理	死者所做的报道基本都是长期追踪的。其中一篇的主角就是苏欣妍，虽然在刊登的时候没有直接用真名而用了假名，但还是可以判断出确实是苏欣妍。这篇报道的内容是某知名大学女学生自杀，其母痛不欲生，想要寻求真相，但被校方告知是该女生私生活不检点。该女生随即被曝出大量的负面新闻，最后舆论声讨这对母女，而死者称将深入调查此事，继续追踪报道。但之后她却没有任何关于此事的报道发出。

“既然人都到齐了，各个报告也都发到各位手里了，大家都看看，有什么想法就提出来。”赵联从椅子上站了起来，摸了摸满是胡茬的脸说道。

“我觉得这程紫丰看着像是知道了什么事，所以被杀人灭口了。”小方举手发言道。

“知道了什么？你说说。”赵联问。

“不太清楚，就是感觉。”小方尴尬一笑。

“这个苏欣妍，有点意思。”一直坐在角落里的老黄开口道，“我记得当年苏欣妍自杀这个案子挺轰动的，知名大学的女大学生自杀，而且还是个品学兼优的女孩子，但是死后却被曝出各种负面新闻，当年对B大影响不小。而且我记得，那几个嫌疑人里似乎有好几个都是和苏欣妍一个大学，也是B大毕业的。”

赵联看着老黄点点头：“我去查过了，白榕、梁宽、秦苏、周卫明都是B大毕业的。这未免太过巧合。”

“一个是巧合，两个是偶然，三个就是必然。”老黄淡然道。

“还有一个，他们的角色剧本都不见了，而共同的剧情背景看起来，和苏欣妍的自杀倒是有不少相似的地方。”赵联继续说道，“搞不好，这场鸿门宴，就是程紫丰自己整出来的。”

“不对啊赵队，这要是程紫丰整出来的局，那怎么还把自己给整死了？”小方忍不住问。

“那就要问其他的几个玩家了。”赵联勾了勾嘴角，“说不定他们当中谁有不可告人的秘密呢！”

“不过我们还没有打开她的电脑。”小方挠挠头,“电脑里应该有什么线索的。”

小方刚说完，会议室瞬间安静了下来。与其把注意力都投放在一个猜测上，倒不如集中关注眼前实实在在的证据，比如程紫丰的电脑。她特意设计了这么复杂的密码，又安装了自毁程序，感觉就像是要让指定的人打开电脑。

赵联双手支撑在桌面上，挑出了几张在程紫丰家里拍摄的照片并敲了敲说道:“密码就在这几张照片里，她早就想好了，想让警方破译。”

密码

开完会，赵联拿着一叠报告去了证物房，如果他猜得没错，程紫丰布的局不仅仅是这场真人剧本杀，还有她的死亡。他莫名觉得这场谋杀有些像是程紫丰的自我献祭，因为她的死，所以警方不得不去调查她隐藏起来的一切。

“欸，赵队，你怎么来了？”证物房的管理员刘伯正戴着老花眼镜整理证物柜子，看到赵联走了进来连忙直起身来问道。

“从程紫丰家里搬回来的东西在哪儿？我想看看。”赵联说道。

“走到底，最后一排柜子，编号 5-7 开头的箱子。”

刘伯抬了抬下巴。

“谢啦。”赵联抬抬手，就往证物房深处走去。

赵联戴上了橡胶手套，打开了证物箱，随后开始分拣里面的东西。程紫丰的电脑还在电子信息科被尝试破译，而赵联拿出来的是那几幅油画。之前在程紫丰家里赵联没有仔细观察，现在可以近距离地检查了。

赵联这会儿盘着腿席地而坐，拿起被证物袋密封好的一张油画，对着上头的日光灯照了照，没一会儿他就发现这上头有些问题。赵联凑近了看，却发现刚刚瞅见的一丝字迹又没有了，他又拿远了一点对着灯光，油画布空白的地方透出了一些浅浅的字迹。

赵联立马拿出另外几幅，也对着日光灯照了照，发现每一幅的空白地方都有阴影似的。这些阴影像是什么字，但赵联又分辨不出来。

他立马站了起来，拿起这几幅油画就往外跑，等他到了鉴证科，立马找人对这几幅画做鉴定检测。

“这倒是之前没发现，看起来是在上白色颜料之前涂了一层透明颜料，所以平时看不出来什么，但是对光的时候因为画布是粗麻布，涂了这层颜料的地方光线的穿透力不同，就显现出来了。”鉴证人员一边拿着证物袋里的油画一边说。

“那这上面写了什么？”赵联问道。

“这个戴珍珠耳环的猫，写的是‘荧光’；这个被恶搞的《蒙娜丽莎》写的是‘紫外线’。”

赵联迅速地把这些信息都记录了下来。

“你说这两幅写的是‘荧光’和‘紫外线’？”赵联停下了手里的笔，抬起头，“那这意思是要用荧光和紫外线来看？”

“我可以试试。”鉴证人员从架子上拿来一个小喷壶说道，“这个是荧光检测剂，如果这上面用过荧光剂的话，就会和检测剂发生反应变色。”

“试试看呗。”

过了一会儿，赵联戴上了鉴证人员递给他的眼镜，戴上之后果然在其中一幅猫的油画上发现了一些荧光色。

“看起来是这种颜色的颜料里加入了荧光剂，所以就像你看到的。”鉴证人员指着发光的地方说道。

赵联凑近了看，继续问道：“这个颜料下面好像有东西？”

“可能是数字油画的标号。”鉴证人员说道，“画数字油画就相当于填色块，一般来说，不同数字对应色卡上不同字母，字母代表颜色。按照色卡把颜色填进去，填完了就是一幅画。你看，每幅画后面都有这个对照色卡，数字 1 对应 A，以此类推。”

他一边解释，一边用刮刀小心翼翼地把发光的那部分颜料刮了下来。赵联此时已经摘了眼镜，看着颜料被刮开之后露出的画布，果然是写着数字的。

十几分钟后，整幅画的荧光颜料都被刮开，在小小的数字旁边都有一个被人刻意写下的“F”。两个人相视一笑，继续刮下一幅。直到两个小时之后，赵联得到了5个字母：**F、E、Z、I、A**。其中“I”旁边被人写上了一个“2”。

而另一幅没有荧光反应的《蒙娜丽莎》在紫外线灯的照射下，出现了一个电话号码：131xxxx3033。

赵联脑子里忽然灵光一闪，他似乎在哪里见过这个号码，便迅速地在脑子里搜索了起来，并且翻出之前会议报告里的那些现场照片，最后，他的目光停在了程紫丰邮箱里积压的信件那张上。

其中有一封来自“德信宠物店”的广告信，里面的联系人叫作周德信，电话正是131xxxx3033。

随即，赵联拨通了小方的电话：“小方，立马去调查一家叫德信宠物店的公司，负责人叫周德信，电话131xxxx3033。”

没等小方反应过来，赵联就匆匆挂断电话，离开鉴证科前往电子信息科，他想他已经知道了程紫丰电脑的密码。

提 示

请结合前文破解出电脑的开机密码____________，密码正确将解锁新剧情！（可在《游戏手册·真相专区》查看密码正确与否。）

游戏结束

GAME OVER

「现实探案到此结束，请在完成任务1后汇总“剧本杀”的线索完成任务2！」

寻找键盘侠

XUNZHAO JIANPANXIA

出题人： 苏小晗

前情回顾

你是一名 UP 主（在视频网站、论坛等上面上传视频、音频文件的人），一名喜欢在网上分享自己推理故事的 UP 主，你会将你写的故事剪成视频，配上音，放在网上。

或许是你的故事太过精妙，也或许是嫉妒的人太多，总之不知从何时起，你的作品下面的评论区里总是会有人跳出来说你是抄袭。

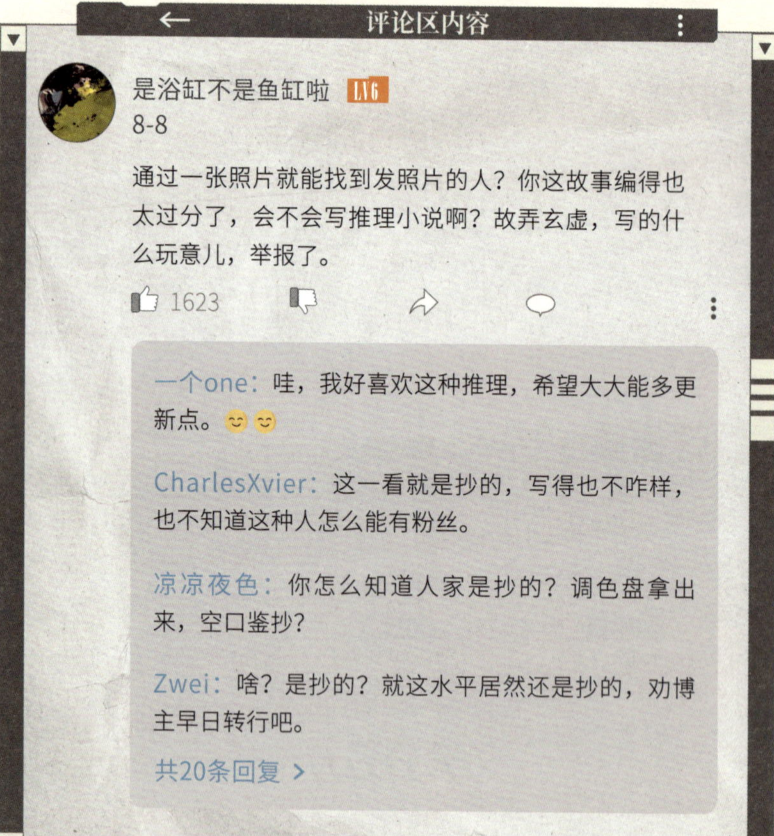

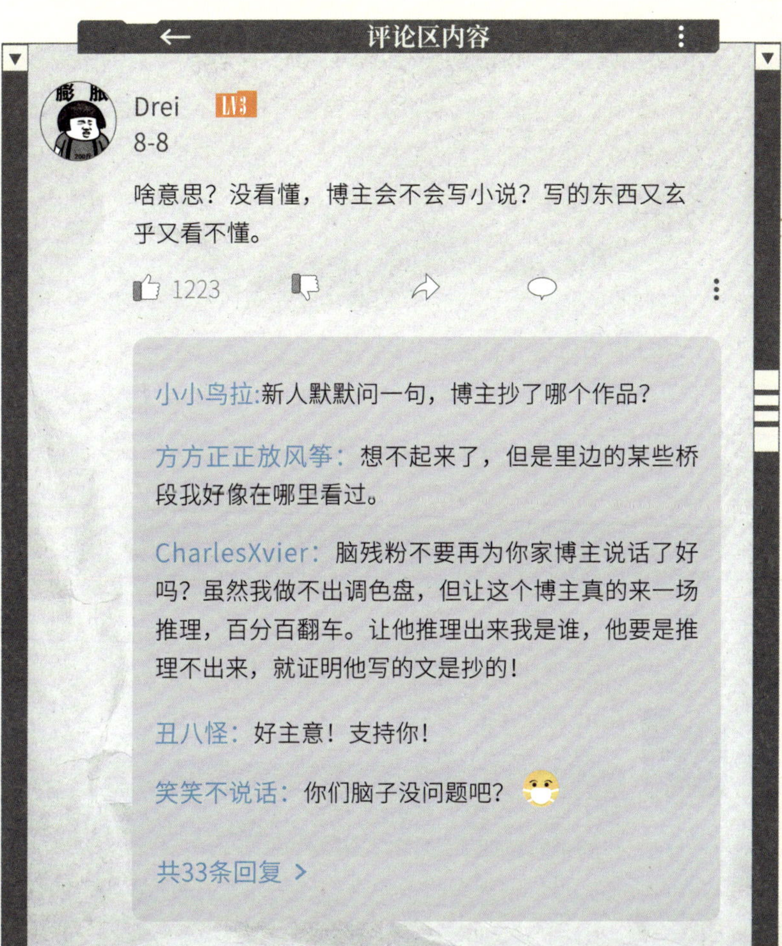

自古评论区里多纷争，有带节奏的，有钓鱼的，有没过脑子跟着起哄的……

说起来，评论区里的那个CharlesXvier你其实对他印象很深，他几乎在你所有的作品底下都发过“抄袭”之类的话，有次甚至跑去官方账号下叫嚷着为什么不封了你这个“抄袭狗”的账号。

抄袭？这些推理故事不是你自己写的，还能是谁写的？最多最多，你也不过是把室友陈思明的推理过程记录了下来。难不成陈思明的推理过程还有版权？你这个室友记录了下来还侵权抄袭了？

你不知道自己哪里招惹到他，你只知道他像个狗皮膏药一般在你的账号下面阴魂不散。

你思索了下，打算把这个 CharlesXvier 直接拉黑，毕竟眼不见心不烦嘛，然而还没等你拉黑，这个人又给你发来了私信：

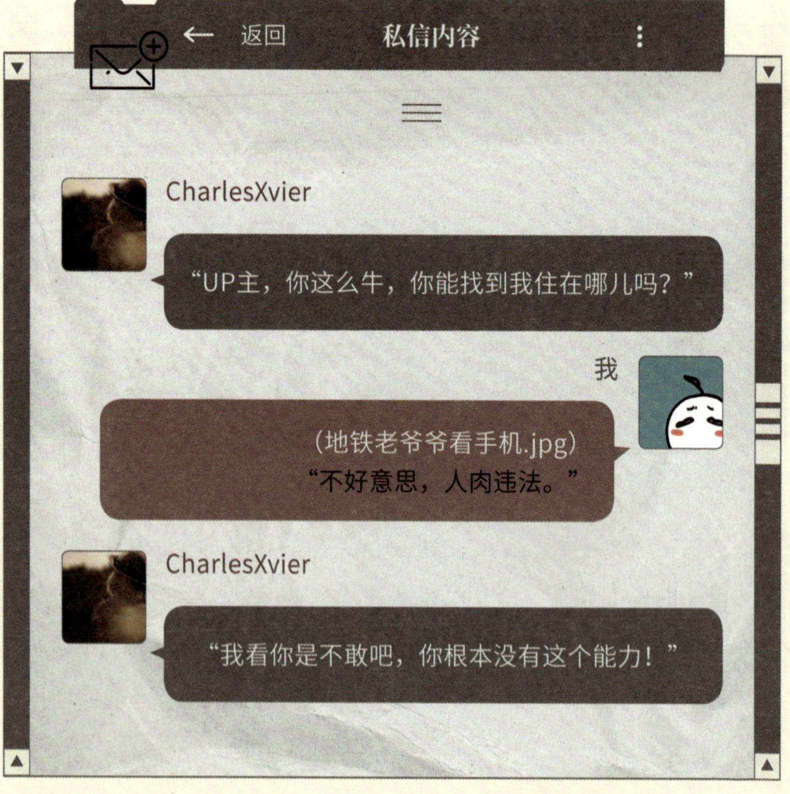

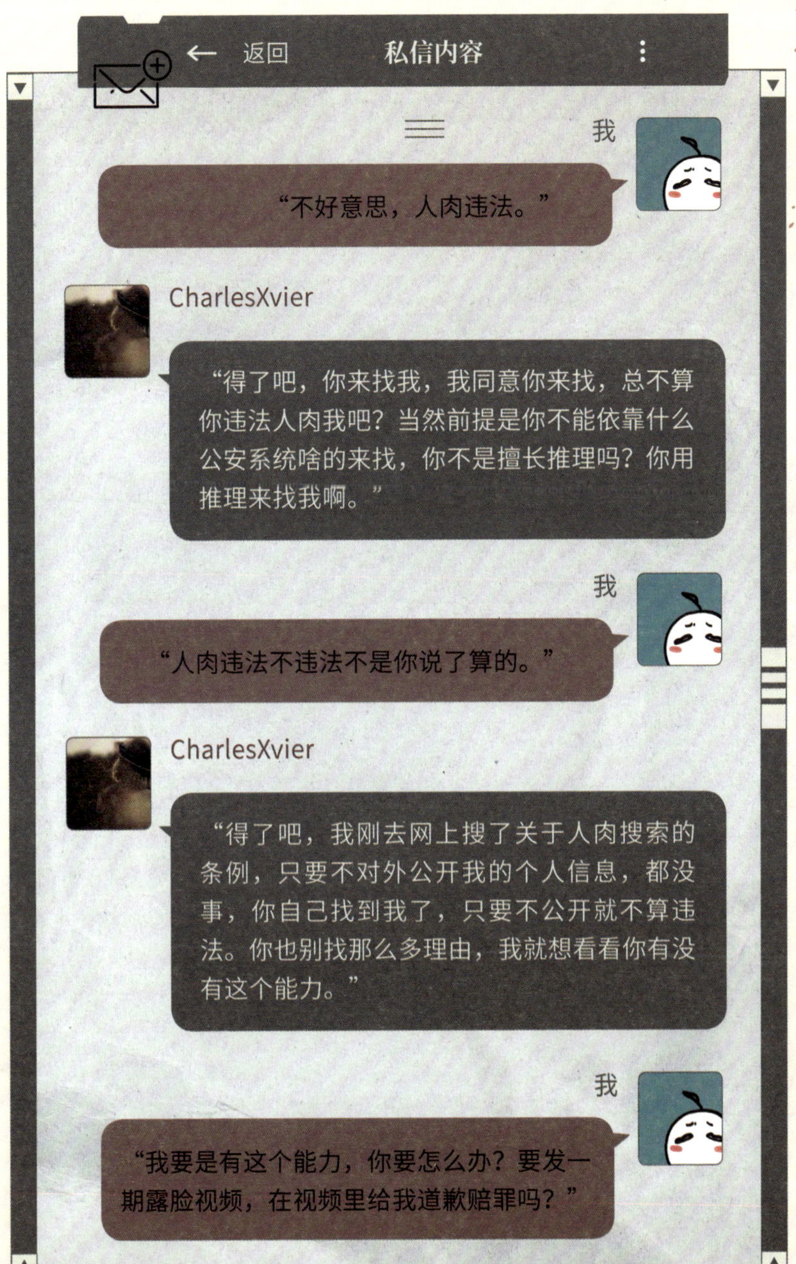

← 返回
私信内容
我
“不好意思，人肉违法。”
CharlesXvier
“得了吧，你来找我，我同意你来找，总不算你违法人肉我吧？当然前提是你不能依靠什么公安系统啥的来找，你不是擅长推理吗？你用推理来找我啊。”
我
“人肉违法不违法不是你说了算的。”
CharlesXvier
“得了吧，我刚去网上搜了关于人肉搜索的条例，只要不对外公开我的个人信息，都没事，你自己找到我了，只要不公开就不算违法。你也别找那么多理由，我就想看看你有没有这个能力。”
我
“我要是有这个能力，你要怎么办？要发一期露脸视频，在视频里给我道歉赔罪吗？”

你叹了口气，看了眼日期，马上到了该更新的时候了，你躺在沙发上，看着发白的天花板，头一回感到无力。

这个人到底为什么这么想要被“人肉”？

本关任务

1. 根据相关提示，找到“CharlesXvier”。(3分)
2. 调查整个事件，捋清起因结果。(2 分)

更新·ONE

“嘿，干吗呢？”你正在头疼，室友陈思明出来到客厅接水，“怎么眉头都皱一起了？你不是在准备更新内容吗？”

你抬头看了陈思明一眼，没有说话，只觉得心烦意乱到不知道该怎么解释。

陈思明放下水杯，打开手机，搜索着你的主页，不多时便开口道：“你是因为评论区心烦？那大可不必，有句话说得好：多看书多学习营销号们爱钓鱼，少上网少生气傻子全在评论区。”

“噗……”陈思明这话一下子逗乐了你，让你的“怨气”一下子烟消云散。

“所以，你就这么告诉自己：哪个正经人天天待在评论区？骂你的都是不如你的。”陈思明耸了耸肩，拿起水杯准备接水。

“不是。”你摇头，思路也一下子清晰了起来。“有个黑粉，非让我人肉他……”你把手机递给陈思明，“你看这个。”

陈思明接完水，颇有兴趣地看起了你们的聊天记录，三分钟后，他将手机还给你，开口道：“这个人同意让你搜索，这算是一种被害人承诺，只要不影响公序良俗，就没关系。加油，我看好你。”陈思明朝你挑了挑眉，端着水杯打算回去。

“但……我要是三天之内找不到他呢？”你有些心

虚，“那些硬核点的推理，我都是记录者，就像是华生，只记录福尔摩斯，不负责推理。”

陈思明朝你笑了笑：“正好这次也是个锻炼机会嘛，况且，如果你陷入困境了，可以来找我啊。”

“真的？”你的眼睛一下子亮了起来，没想到这个整天把自己关在屋子里不知道在忙什么的天才，也会有助人为乐的一天。

“当然，只要你记得请我吃蛋糕就行。”陈思明朝你摆了摆手，“有问题随时来敲我的门。”说罢，陈思明便端着杯子走进了卧室。

不知道是不是陈思明这番话给了你信心，你一下子有了动力。你从沙发上坐起来，将你的笔记本打开，开始认真研究这个名为 CharlesXvier 的用户。

粉丝为0，账号级别是LV1，很明显是个注册没多久的小号。

这很正常，不少引战的账号都是三无小号，毕竟这样的账号才方便商人大批量注册，并进行买卖。不过由于最近平台严打，批量注册账号的事情几乎没有了，所以这个账号虽然看起来像是三无小号，但其实应该是有专属的主人。

陈思明曾说过，凡是有“单个主人”的账号，不管内容多么少，它总是会不经意暴露出使用者的个人信息。

而这些个人信息便足以让你拼凑出一个完整的画像，就像是深入犯罪现场的侦探，根据那些犯罪痕迹便可以拼凑出犯人的面貌特征。

返回
CharlesXvier默认收藏夹内容
收藏夹
默认收藏夹
变美
UPUP
UP主
01:23:07
02:23:07
【励志/治愈】献给正处于迷茫的大家
收藏于:3-10
这首歌听完你的作业就能写完了！(平淡角落偷听向)
收藏于:2-23
播放全部

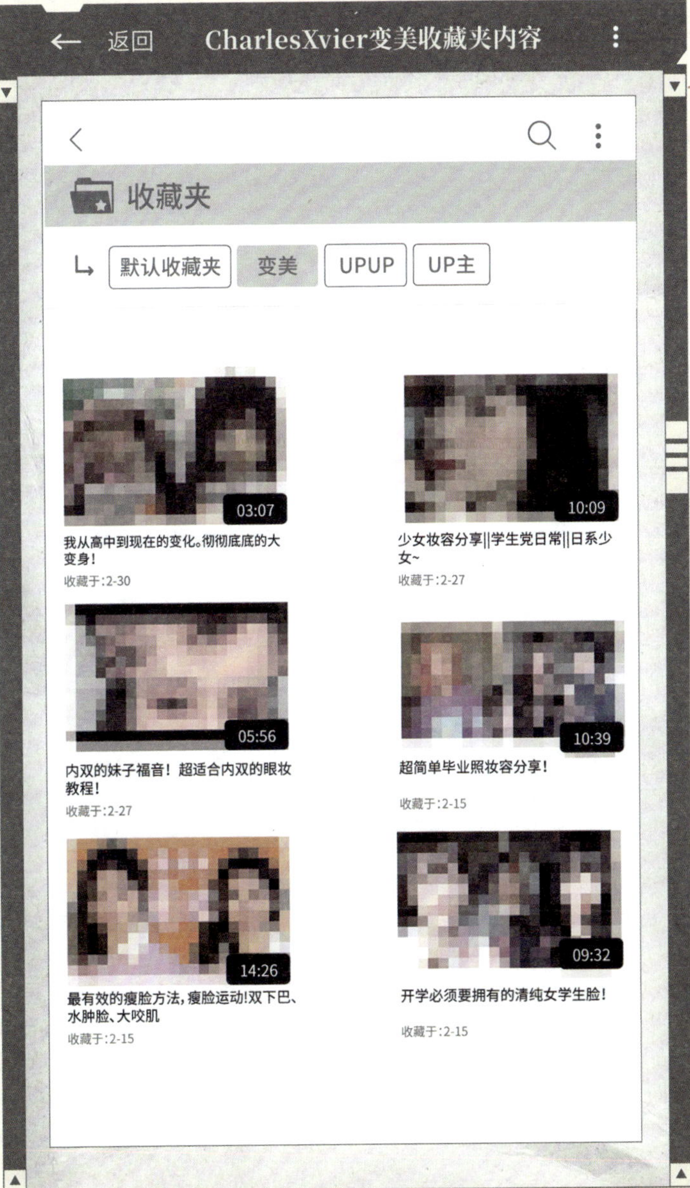
← 返回 CharlesXvier变美收藏夹内容
收藏夹
默认收藏夹
变美
UPUP
UP主
03:07
我从高中到现在的变化。彻彻底底的大变身!
收藏于:2-30
10:09
少女妆容分享||学生党日常||日系少女~
收藏于:2-27
05:56
内双的妹子福音！超适合内双的眼妆教程!
收藏于:2-27
10:39
超简单毕业照妆容分享!
收藏于:2-15
14:26
最有效的瘦脸方法,瘦脸运动!双下巴、水肿脸、大咬肌
收藏于:2-15
09:32
开学必须要拥有的清纯女学生脸!
收藏于:2-15

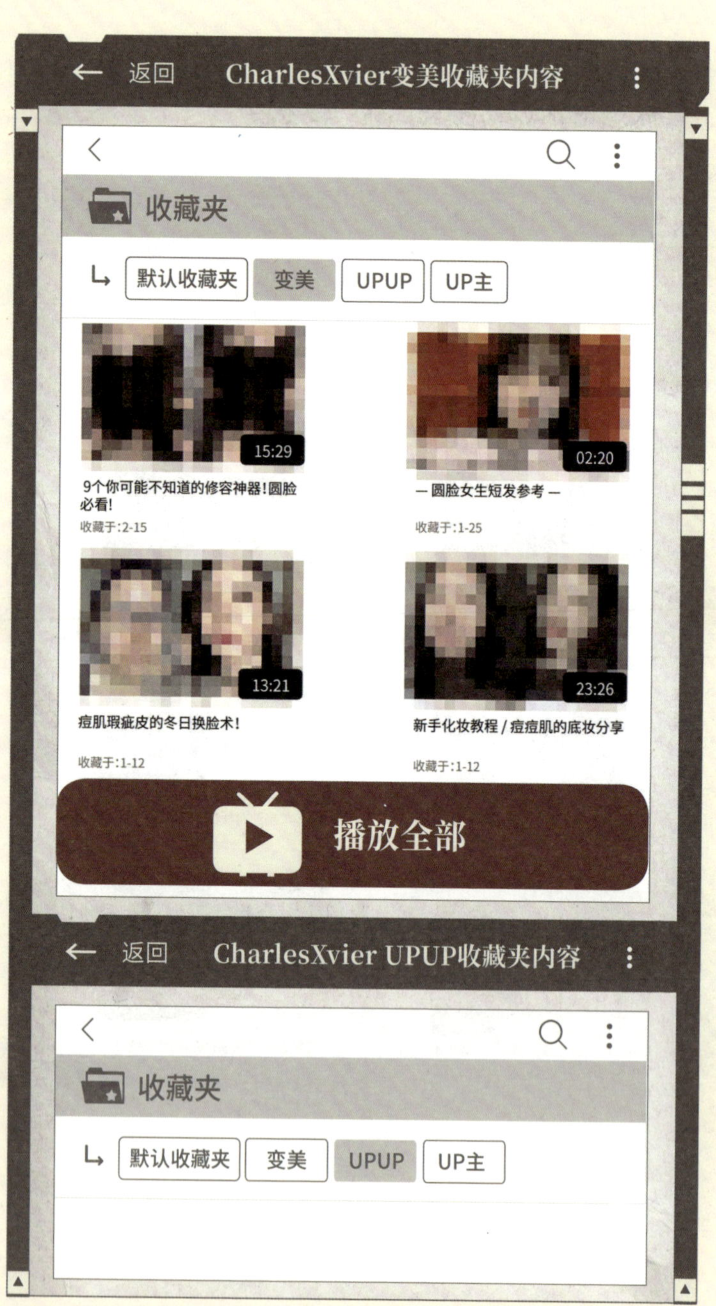

← 返回 CharlesXvier变美收藏夹内容
收藏夹
默认收藏夹
变美
UPUP
UP主
15:29
9个你可能不知道的修容神器！圆脸必看！
收藏于:2-15
02:20
— 圆脸女生短发参考 —
收藏于:1-25
13:21
痘肌瑕疵皮的冬日换脸术！
收藏于:1-12
23:26
新手化妆教程 / 痘痘肌的底妆分享
收藏于:1-12
播放全部
← 返回 CharlesXvier UPUP收藏夹内容
收藏夹
默认收藏夹
变美
UPUP
UP主

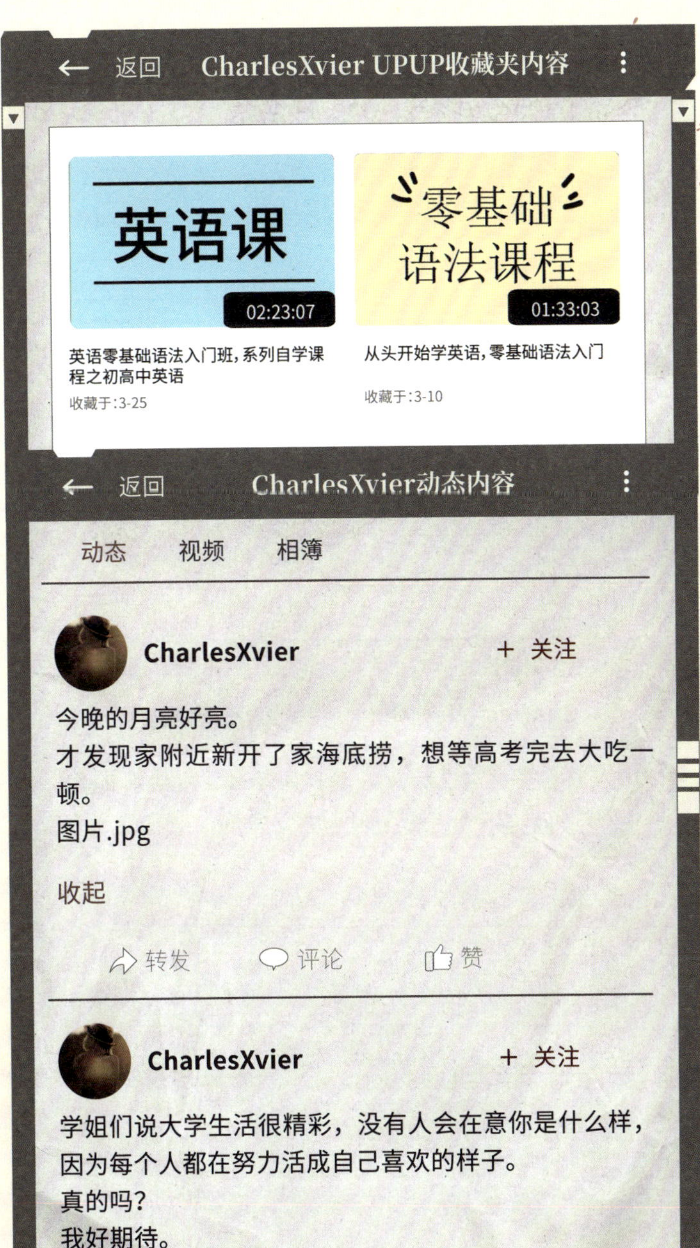
← 返回 CharlesXvier UPUP收藏夹内容
英语课
02:23:07
英语零基础语法入门班，系列自学课程之初高中英语
收藏于:3-25
零基础
语法课程
01:33:03
从头开始学英语，零基础语法入门
收藏于:3-10
← 返回 CharlesXvier动态内容
动态
视频
相簿
CharlesXvier
+ 关注
今晚的月亮好亮。
才发现家附近新开了家海底捞，想等高考完去大吃一顿。
图片.jpg
收起
转发
评论
赞
CharlesXvier
+ 关注
学姐们说大学生活很精彩，没有人会在意你是什么样，因为每个人都在努力活成自己喜欢的样子。
真的吗？
我好期待。

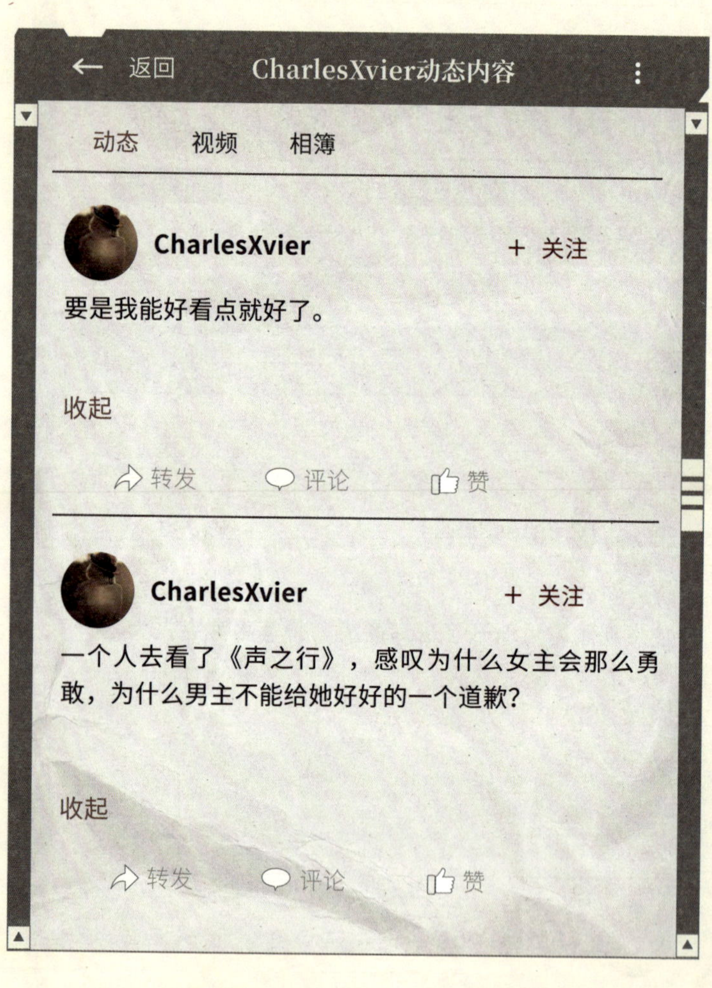

← 返回
CharlesXvier动态内容
动态
视频
相簿
CharlesXvier
+ 关注
要是我能好看点就好了。
收起
转发
评论
赞
CharlesXvier
+ 关注
一个人去看了《声之行》，感叹为什么女主会那么勇敢，为什么男主不能给她好好的一个道歉？
收起
转发
评论
赞

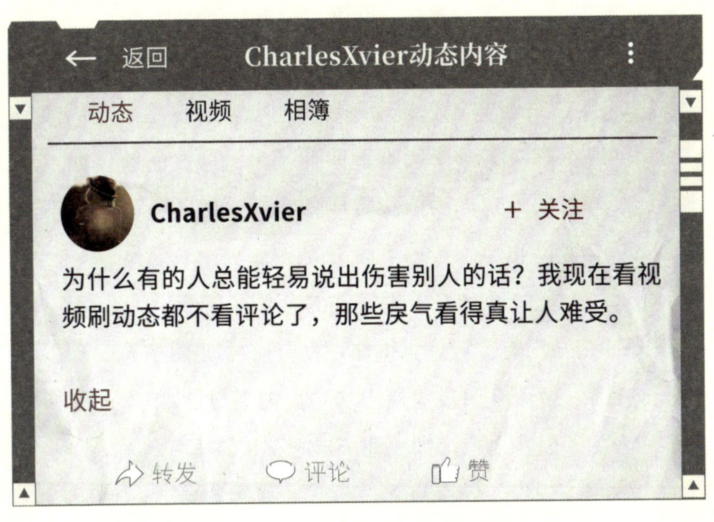

可查看道具

提 示

请用笔圈出你从账号中发现的线索，拼凑出这个用户的人物特征，并在后面画出你心里的“CharlesXvier”的画像。

更新 · TWO

“分析得怎么样了？”陈思明从卧室里出来，像是终于解决了一个大难题般伸了个懒腰，满脸轻松，轻哼着歌走到你面前，看见你在纸上的写写画画，不禁笑了起来。

“你笑什么？”你有种被小看了的感觉。

“没有，只是觉得你现在有点大侦探的样子了。”

说着从口袋里掏出块巧克力递给你：“吃一块补补脑子，我也来帮你梳理一下吧。”

“嗯。”你点点头，打起十二分精神，想要听听这个天才的“答案”。

“这个账号虽然等级并不高，但它的动态跟收藏夹还是有内容的，这说明账号主人断断续续登录过。

“账号等级不高，但收藏夹里却有不少东西，动态也有一些，说明这就是一个专门用来收藏某些东西和发某些内容的账号。”

“这么说来，这个账号虽然看起来像是小号，但其实对于账号主人来说，更像是她不愿意为人所知，却又异常真实的一面？”你总结道。

“可以这么说。”陈思明点点头，顺手点开CharlesXvier的收藏夹，“一个写作业听的背景音乐，两个励志视频，还有一个音乐视频，收藏这个可能是她出于个人音乐爱好吧……等等！”陈思明皱起了眉头，将这个账号的动态从头到尾又翻了一遍，然后又打开你跟 CharlesXvier 的对话框，仔细研读起来。

一分钟，两分钟……

不知过了多久，陈思明开了口：“我觉得有点不对劲。”

“哪里不对劲？”你不解。

“一个看起来自卑的女生，为什么会突然变成一个戾气满满，甚至主动跳出来让别人人肉搜索她的人？”

陈思明的话一下子点醒了你，你回看 CharlesXvier 跟你的对话内容，又看了看账号里的动态内容，一下子恍然大悟，寒毛直竖：“你的意思不会是……账号主人跟来私信我的这个人，不是一个人？”

“动态里的 CharlesXvier 是个敏感、自卑，还很容易感同身受的人……但你再看给你发私信的这个 CharlesXvier 的语气以及着重点……你有发现什么问题吗？”

“看起来……完全不像是一个人，性格、说话方式都有很大出入。”你总结道，但你总觉得这并不能说服你，于是又反驳道：“不过，不是说很多人喜欢把自己的空间、朋友圈之类的营造得岁月静好，但实际上嘴巴特别臭，喜欢在网络上当键盘侠、喷子什么的吗？”

陈思明捏住下巴：“也不是没有这个可能，但是……我要是没记错，今天应该是临近高考的日子吧？这个女学生真的有时间上网吗？”

听陈思明这么一说，你慌忙拿起手机看时间：“今天是 2019 年 6 月 4 日，还有三天就高考了。”

“你再看看她给你发消息的时间。”

“早上 10 点 45 分，这是上课时间吧？”你回看了眼聊天记录惊叹。

“一个在收藏夹跟动态里都立志要努力学习的人，怎么会在上课复习的时间跑到网上骂人挑衅？”陈思明指着 CharlesXvier 的动态道，“我最初觉得不对劲的地方，就是这个 CharlesXvier 在动态里表现出来是个共情心很强的女生，比如你看她对电影的评价，还有她看到糟糕评论会难受。但你再看私信跟评论，这个 CharlesXvier 表现得就没什么共情心，完全不顾及你的感受，甚至主动当起了那个网暴带头人。”

“所以这个人才会这么明目张胆地要求我人肉他！”你瞪大了眼睛，心里冒起了一股寒气，“他盗用了真 CharlesXvier 的账号，然后故意这么给我评论、发私信，就是为了让我去人肉这个无辜的女孩子！”

陈思明点点头：“我跟你的猜想一致，这个人从头到尾都在诱导你人肉他，应该是有什么别的不怀好意的目的。”

“那怎么办？”你看向陈思明，一下子失了主意。

“那要问你自己了。”陈思明微笑着，“既然接下了这个任务，就得完美地完成，不能让人小看了。所以你接下来是想要人肉真正的 CharlesXvier，还是那个给你发私信挑衅你的 CharlesXvier？”

你的选择？

女学生CharlesXvier

键盘侠CharlesXvier

提 示

从这一刻开始，因为你的选择，故事将开启不同的走向。选择A，则前往《游戏手册·女学生》继续查看；选择B，则前往《游戏手册·键盘侠》继续查看！

第四关

玉蝴蝶

YUHUDIE

出题人：　徐俊敏

民国廿四年（1935年）三月七日晚，当时最好的电影演员之一阮玲玉小姐，于住所服用安眠药自杀，一时间举国哀痛。而她同生命里最重要的三个男人（张达民、唐季珊、蔡楚生）之间的情感纠葛错综复杂，事件经过诡谲离奇，当晚真相扑朔迷离，始终未有定论。

（注意：本关部分人物和事件为虚构，如有雷同，纯属巧合。）

本关任务

1. 根据线索、物证和各方说辞，找出自杀案的真凶。（3分）
2. 找出阮玲玉的真正死因。（2分）

香消玉殒

连日来的官司、媒体等各方压力已经将阮玲玉折腾得筋疲力尽、精神萎靡，每晚都要依靠安眠药才能入睡。这一天起来，她感觉脑袋昏昏沉沉的，又再躺下睡过去，直至中午姆妈叫她吃饭方才起身。草草吃了点东西后，便回到房间的梳妆台前打扮起来。她精心涂了口红，抹上腮红，又往脸上扑了香粉，遮盖住惨白的面颊，好让脸色看起来好一些。

她知道晚些时候，唐季珊会来接她去参加《新女性》的庆功宴。那是她刚拍完的新片，由近年来大热的年轻导演蔡楚生执导，讲述了一位知识女性韦明遭遇婚姻失败后，期望依靠自身力量和女儿给她的力量生活下去，最后却在感情波折、生活苦难和流言蜚语的打击下，走上自杀之途的悲剧故事。

从剧中人身上阮玲玉仿佛看到了自己的影子。那个饱受艰辛、深陷舆论漩涡中的韦明不正是另一个自己？电影开拍后，她忘情投入，以至于拍摄最后一场戏时，完全无法抑制心中的悲苦。那一刻她仿佛与剧中人融为一体，一直哭到全身抽搐，哪怕导演喊停也还是不能自已，直看得全场工作人员潸然泪下。

这是她真正喜欢的剧本，也正因为这部戏，她才真正了解了蔡楚生。

阮玲玉一边想一边打开首饰盒，目光掠过一排排华美璀璨的首饰，最终精心挑选出一对耀眼的红宝石耳环。这是他喜欢的颜色，就像他的作品一样，有着最为真实的，鲜艳的，仿佛血液般流淌的色泽。

在拍摄的过程中，阮玲玉自然而然为蔡楚生的才华和善良所吸引。他们年龄相仿，有共同的事业和话题。不像那两个男人，口口声声说爱自己，带来的却是无尽的痛楚与伤害。她是了解他的，他好不容易才走到如今这一步，电影就是他的一切。同时，她又笃信对方对自己的情谊。他们作为导演和主演，庆功宴上总能有机会单独碰面，她要再试一试。无论什么结果，她都要再争取一下，她知道没有比他更适合自己的人了。

民国二十四年三月七日深夜，才在电影《新女性》的庆功宴上和每位嘉宾热情跳舞的阮玲玉，竟在回家后不久留下遗书，并吞服了整整三瓶安眠药。由于没有被及时送去合适的医院，不幸错过了最佳抢救时间，至三月八日终因抢救无效死亡。

这则消息传出，如同上海滩上凭空炸起一声惊雷，几乎可用石破天惊来形容！谁都不曾想到，她竟会用如此方式，草草结束了自己的生命。一时间举国震惊，哀号一片。不仅因为她年仅 25 岁便芳华消逝，更因她是阮玲玉——拥有万千粉丝，受无数人追捧的超级明星！

阮玲玉的死无疑给电影界笼罩了一层悲剧气息。而她与张达民、唐季珊之间剪不断理还乱的三角关系，以及一众女星间的明争暗斗，更为这幕悲剧平添了一抹浓重的戏剧色彩。一切就像是一场突如其来的风暴，平地而起毫无征兆，却呈席卷之势，搅得整个影坛和名流界地动山摇。

孙猴子的现场发现

人物档案

人物档案

编号：001

人 物 信 息
孙猴子，本名孙侯，上海滩巡捕房里的传奇人物，曾破获多起分外棘手的案件，在坊间被传得神乎其神，某小报便给他起了个“警界神探孙猴子”的绰号，孙猴子这个称呼也就不胫而走。因为阮玲玉的自杀案件牵扯到一个茶叶大王和一个地痞无赖，关系复杂，巡捕房的巡长便将这个烫手山芋丢给了他，由他来负责调查。

案发房间证物

五斗橱上喝剩的酒瓶和杯子；床头柜上的热水瓶；梳妆台上盛过八宝粥的碗勺；横着的三个空药瓶；两封遗书；一本《一般集合论基础》，里面夹着一条一尺来长、折叠整齐的宝蓝色布条。

人物档案

编号：002

人物信息

梁佑，办案途中进来的一个十五六岁，穿着黑色学生装的少年。据悉阮玲玉在镜框上留下的“人们的想象是靠不住的”这句话是他说给阮的，并且此前两人有过接触。除夕当晚，阮玲玉似在躲避谁的跟踪，梁佑曾帮助过她，并且跟她交流了很多关于数论方面的知识。因着这份交情，在阮玲玉死后，他与孙俟、韩渊合作调查案件真相。

梁佑的证词：

△1. 他并不知道死者临死前写下“人们的想象是靠不住的”这句话有何含义。

△2. 阮玲玉与他最近一次见面是三个月前，那天他们去吃西餐，阮破天荒说了不少话，提到前不久新拍的电影《新女性》，说自己和主人公有着同样的命运。

△3. 阮玲玉因为工作繁忙，时间上多有不便，但这一年来，也跟梁佑见过不少次面。梁佑说每次见面，两人谈论的话题都是“数学”。梁佑更是赞赏了阮玲玉在数学上的天分，虽没受过什么正规的数学教育，但许多概念她一听就懂。

梁佑的证词：

△4.《一般集合论基础》这本书是梁佑送给阮玲玉的，好些页的空白处都写有各式各样的数字，有的是1，3，9，有的是2，9，8，5，有的是7，1，9，4，有的是6，9，0……诸如此类，但梁佑并不明白其中的意义。

△5. 孙侯好奇问起梁佑来到案发现场的原因，梁佑称自己是被死者叫来的。死者生前给梁佑留下了一张纸条。

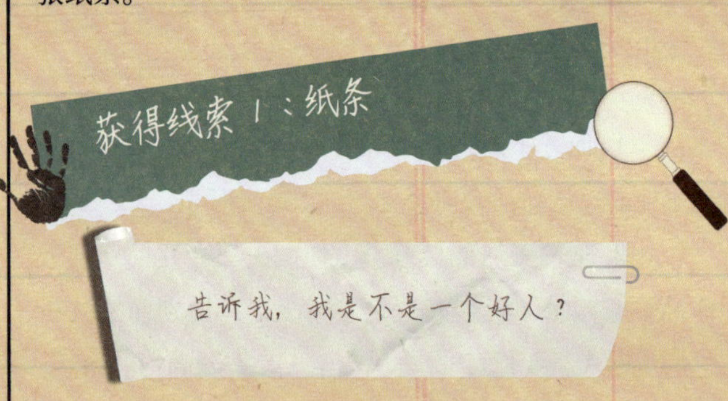

△6. 梁佑和阮玲玉会通过纸条和布条通信的方式约定见面时间，在阮玲玉自杀的前一天，两人约好周六下午会面。

庆功宴

宴会线索：

1. 阮玲玉服药前，与唐季珊一起出席了《新女性》的庆功宴。

2. 服务员称，宴会期间看到阮玲玉与导演蔡楚生偷偷离开会场。

3. 据蔡楚生说，上个月第三届民国电影皇后选举结果出来后的第二天，阮玲玉的情绪不太好，当天夜里，阮玲玉让他开车送她去胡蝶的住所。

（提示：胡蝶已经连续三届夺得第一，阮玲玉又一次输给了明星公司的老冤家胡蝶。）

4. 庆功宴是唐季珊先生提出举办的。

（提示：并不是每部影片都有庆功宴，只有那些重要的，观众反响好的，得到市场认可的影片才会开庆功宴。）

5. 当孙侯提及有人看到蔡楚生和阮玲玉中途离开的时候，蔡楚生显得很慌张，但矢口否认自己与阮玲玉的死有关，更是承认自己喜欢阮玲玉，中途离开是因为阮玲玉找他，说张达民和唐季珊都对她不好，她想让自己带她去香港。蔡楚生没有同意。

获得线索2：蔡楚生关于阮玲玉与胡蝶会面的回忆

“我起初是不同意的，可实在拗不过她，她非要去！我又提议让唐季珊送，她也不肯，说唐季珊万万去不得。我没辙，最后只能按她说的做。

“那天胡蝶和一众朋友在丽都舞厅庆祝，快十一点了才回住所。我和阮玲玉在她家附近守着，见她从《明星日报》的陈蝶衣车上下来，两人还说了一会儿话。直至陈蝶衣驱车离开后，阮玲玉才过去叫住对方。

“她只肯让我待在车里，等结束后再送她回去。于是我只好在外面等她，足足等了有差不多一个小时，抽了小半包烟，才见她低着头出来。

“她似乎哭过了，眼睛有些红肿，我也不敢多问。回去的路上她情绪很低落，问她话也不答，只默默想着心事发呆。我一直把她送到寓所楼下，瞧着阮母接她进了门，这才离开。”

获得线索3：蔡楚生关于庆功宴的回忆

“她身穿一袭墨绿色的旗袍，烫着迷人的大波浪卷，更衬托出她精致的脸庞。

“印象中她喝了很多酒，热情地拥抱在场每一个来宾。跳起舞来也像变了个人，一改往日的温婉含蓄，笑得绚烂璀璨，肆无忌惮。”

获得线索4：蔡楚生关于他与阮玲玉中途交谈的回忆

“我才在这里站稳脚跟，我的一切都在这里。更何况，她是唐老板的女人，我……我没办法，我不能带她走。

“我到现在也忘不了她最后看我的眼神，失望、空洞、无助……仿佛一具失去灵魂的躯壳。”蔡楚生长长地吸了一口气，“她劝不动我，最后淡淡说了句：‘我晓得了。’便转身回宴会场。我在她走后调整了下情绪才回去。”

新发现

庆功宴相关调查：

1. 那晚赴宴的除了阮玲玉和唐季珊外，还有华联公司的老板罗明佑、黎民伟，导演蔡楚生、孙瑜，演员王人美、黎莉莉、林楚楚等人，以及一干电影圈的朋友。其中光与阮玲玉关系较为密切的就有十七八个。

2. 阮玲玉刚到时还有些放不开，但到了后半程则渐渐地开始健谈起来，与各桌把酒言欢，满场敬酒。后面跳舞时，一众女星下场，阮玲玉一改往日含蓄的风格，跳得张扬热辣，摇曳生姿，特别是与唐季珊合跳的一支舞，更是赢得了满场喝彩。

3. 孙瑜导演反映说，席间阮玲玉突然跑来他面前，问自己是不是一个好人，孙导当时以为她喝多了开玩笑，并没有十分认真地回答。不仅是他，随后阮玲玉还问了好几个人，大家都一笑而过，还有人说她是一个再好不过的人。

4. 听出席宴会的人说，这部《新女性》被人指出触及敏感话题，加上其中有多处涉嫌丑化记者，故在上映后没多久，就受到新闻界的一致声讨，并被当局要求停止放映。尽管华联公司一直在与各方面交涉周旋，但风波似乎并未止息。也正是这个原因，庆功宴上并没有邀请新闻媒体方面的朋友。

阮玲玉与张达民的官司纠葛：

两年前，也就是1933年6月，阮玲玉曾找律师同张达民协商，以两年为期，每月付一百元的代价，解除两人之前的同居关系。而张达民本人又是个见钱眼开的瘪三无赖，如今两年之期将到，他不想放弃阮玲玉这棵摇钱树，便状告阮玲玉及她现任的同居对象——茶叶大王唐季珊。张达民起诉阮、唐二人窃取财物、侵占衣饰，私刻张氏之图章，以及破坏他人家庭和通奸，而唐季珊也同时控告张达民虚构事实侵害名誉。另外，阮玲玉也于同期登报，声明在同居期间，她与唐季珊的经济各自独立。

获得线索5：银行调查

阮玲玉曾有一笔二十万元的存款，本来是用来孝敬母亲及照料养女小玉的，存钱时图个方便就借用了张达民的名头。后来两人闹翻，为了避免节外生枝，就自己私下刻了张达民的图章，把钱给取走了。

获得线索6：阮玲玉与张达民的过往

张达民是阮玲玉的前夫，从法律意义上说，两人并未登记结婚，但按着民间的婚嫁习俗，两人是在张老爷子灵堂上当众拜堂成亲的，礼数一应俱全，且此后一共同居了八年，具有事实婚姻基础。张老爷子临终前曾要求，想要分得遗产，必须要先成家。张达民为了能和大哥张慧冲争夺遗产，于是就有了这么一出荒唐至极的“灵堂婚礼”。要说起来，这个张慧冲才真的是阮玲玉的贵人。正是因为他的推荐，后者才有机会被导演卜万苍选中拍摄《挂名夫妻》，并一炮走红，从而开始自己的演艺生涯。

获得线索7：唐季珊的“风流史”

张织云，小名阿喜，是唐季珊认识阮玲玉之前的女人。当年唐季珊想借她的影响扩大茶叶在美国的销售，可惜效果并不理想。后来唐季珊结识了阮玲玉，便迅速将她抛弃。张织云再想回去拍电影时，却发现属于她的时代已经过去，取而代之的，是如日中天的阮玲玉和胡蝶等人。张织云曾给阮玲玉写过一封信，劝说她和唐季珊保持距离，说唐为人卑劣，玩弄女性，和他在一起不会有好下场，还说自己的今天就是她的明天。只可惜当时的阮玲玉早被爱情冲昏了头脑，并没有将她的警告当回事。

1. 张织云那天晚上和保姆在家，有两三个邻居做证。

2. 阮玲玉出事前后，家里就只有她母亲、养女小玉，以及唐季珊三人在。

3. 阮母证词：阮玲玉和唐季珊两人当天是去参加影片《新女性》的庆功宴，阮玲玉一起来就梳妆打扮。大约五六点的时候唐季珊开车回来接阮。临行前两人似乎又大吵了一架，但回来时却是兴致盎然，有说有笑的，所以阮母也就没太在意。到家后他们似乎还不尽兴，脱下外套又拿了酒到二楼卧室。阮母怕他们口渴，还送了一壶热水上去。大概快 12 点钟的时候，阮玲玉出来跟她说自己有些饿，想吃点八宝粥。于是阮母就煮了粥端上去，递碗的时候从门缝里看到唐季珊衣服也没脱就斜躺在床上睡下了。阮玲玉没说什么，接过粥叫她早点去休息。随后又过了大概两三个小时，阮母听到楼上有人叫“起来”，便披衣上楼，见唐季珊抱着人事不省的阮玲玉，一边喊名字一边手忙脚乱地往她嘴里灌水，弄得滴滴答答到处都是水，说发现她吞了安眠药自杀。阮母这一惊非同小可，赶忙相帮着将阮玲玉抬上汽车，由唐季珊送去医院抢救。只可惜，最终还是晚了一步。

4. 警方在梳妆台上找到三个空着的安眠药瓶和阮玲玉留下的两封遗书。经过化验，只有盛放八宝粥的碗里有少量残留的安眠药成分，所以推测她是将安眠药拌在八宝粥里吃了下去。

5. 问询笔录：在发现阮玲玉服药后，唐季珊并没有在第一时间选择将她送去附近设备齐全的广仁医院和诺尔医院，而是驱车大老远地将她送到了一家由日本人开的福民医院。那里不仅偏僻，且据医院方面称因为没有夜间值班医生根本无法实施抢救。于是唐季珊又带着她从四川北路一直开到黄河路附近的一家私人诊所。可诊所由于缺乏急救设备，也拒绝治疗。直至他向同是华联公司老板的黎民伟求助，这才将阮玲玉辗转送到了浦石路上的中西医疗养所实施救治。可经过了十几个小时的耽搁，以及一路上的颠簸折腾，药力早已侵入五脏六腑，即便华佗再世也回天乏术了。令人惊奇的是，阮玲玉竟然一直坚持到3月8日下午6点38分，才咽下最后一口气。

提 示

安眠药的主要成分是巴比妥类或苯二氮卓类药物，黄金抢救时间是吞服后的四小时内。

获得线索9：阮玲玉的遗书

致唐季珊

季珊：我真做梦也想不到这样快就会和你死别，但是不要悲哀，因为天下无不散的筵席，请你千万节哀为要。我很对你不住，令你为我受罪。现在他虽这样百般地诬害你我，但终有水落石出的一日，天网恢恢，疏而不漏，我看他又怎样地活着呢。鸟之将死，其鸣也悲，人之将死，其言也善，我死而有灵，将永永远远保护你的。我死之后，请你拿我之余资，来养活我母亲和囡囡，如果不够的话，请你费力罢！

第一封遗书

第一封遗书

而且刻刻提防，免他老人家步我后尘，那是我所至望你的。你如果真的爱我，那就请你千万不要负我之所望才好。好了，有缘来生再会！另有公司欠我之人工，请向之收回，用来供养阿妈和囡囡，共二千零五元，至要至要。另有一封信，如果外界知我自杀，即登报发表，如不知请即不宜为要。

阮玲玉绝笔
三月七日 午夜

第二封遗书

致张达民

我现在一死，人们一定以为我是畏罪。其是〔实〕我何罪可畏，因为我对于张达民没有一样有对他不住的地方，别的姑且勿论，就拿我和他临别脱离同居的时候，还每月给他一百元。这不是空口说的话，是有凭据和收条的。可是他恩将仇报，以冤〔怨〕来报德，更加以外界不明，还以为我对他不住。唉，那有什么法子想呢！想了又想，惟有以一死了之罢。唉，我一死何足惜，不过，还是怕人言可畏，人言可畏罢了。

阮玲玉绝笔
三月七日 午夜

提 示

注意这两封遗书的一些表达细节。

获得线索10：梁赛珍的相关线索

1. 她是唐季珊的新欢，也是一个电影明星，同时与梁佑是堂姐弟关系。

2. “梁家四姐妹”中梁赛珍排行老大，另三个分别是梁赛珠、梁赛珊和梁赛瑚。四个都在电影圈，且各有所长。老大擅长跳舞，老二唱歌最有天赋，老三热衷绘画书法，老四则弹得一手好琴。

3. 梁父去梁佑家串门，曾偶尔提到过赛珍和唐、阮二人的事，说和这个唐某人也打过些交道，一看就是风月场上历练惯了的老手，听说他在广东老家还有个妻子，绝非是女儿的好归宿。为此，父女俩还大吵过一架，几乎闹到梁赛珍要离家出走的地步。

4. 据说有次在百乐门，唐季珊当着梁赛珍和其他人的面打了阮玲玉。听说这件事对阮玲玉的打击很大，只不过要面子，她一直不肯承认。

最后的调查

获得线索11：胡蝶关于那晚与阮玲玉会面的回忆

“那天晚上，她说人生不如意事常八九，生活里就是有太多的不如意，所以才做不得自己的主。倘若多些你这般不一样的……便好了。”

提 示

解锁隐藏线索，可前往《游戏手册 · 胡蝶》查看。

获得线索12：梁佑拜访梁家姐妹的收获

1. 阮玲玉自杀事件发生后没几天，梁赛珍就被自己父母禁止外出，后来又为此事大吵了一架，现在还被关在屋子里。

2. 梁家姐妹听梁佑提起唐季珊和梁赛珍的事情，梁赛珊面色暗沉下来说道：“我就说她不该去招惹那个什么唐季珊，现在可好，都卷了进去脱不了身。”

3. 当梁佑猜出客厅的某画作出自老三梁赛珊之手时，老四梁赛瑚突然感慨：“你说同是人生爹妈养的，这人和人的差距怎么就这么大呢？

我要是能有梁佑一半，哦不不，十分之一聪明，当年也不会因为考试不及格而缠着三姐模仿爸的笔迹在试卷上签名了。”

4. 梁家姐妹相互打趣，说梁赛瑚不把心思放在正事上面时，梁赛瑚回道：“谁让大姐偏心，就给三姐从国外订了全套的画笔颜料。什么时候也给我订些国外的乐谱来，我就天天在家练琴。”

提 示

注意梁家姐妹透露出的一些线索。

获得线索13：孙侯等人对唐季珊的问询记录

唐季珊：“对不起我很忙。如果是阮玲玉小姐的事，我已经和你们巡长沟通过了。我想我们之间……没什么好说的。”

孙侯（沉下脸）：“唐先生，你和巡长沟通了什么我没兴趣知道，我只知道，我接到的命令是全面彻查阮玲玉小姐的死因。所以，还请你配合警方工作。”

唐季珊：“死因？呵，笑话！她是服药自杀的，这有什么疑问吗？”

孙侯：“有没有疑问，那是警察来判断的，我们来就是要调查清楚。还是说唐先生你……在害怕什么？”

问询记录

唐季珊：“简直是无稽之谈，我有什么可害怕的！”

孙侯：“那好那好，既如此，我们聊聊呗！”

唐季珊（用手杖重重杵了几下地）：“你……你们到底要问什么？”

孙侯：“唐先生别误会，我们不过是想再多了解一下事发当晚的细节。早问清楚，我们也好趁早结案。不然回头那些小报记者又该乱写了，什么阮玲玉自杀真相成谜，茶叶大王躲避警方调查之类的……我想唐先生应该不想见到这些不负责任的报道吧？”

唐季珊：“我过一会儿还有事……”

孙侯：“放心，不会耽误你太多时间。”

唐季珊：“说吧，想问什么？”

孙侯：“阮玲玉小姐的事已经查到些眉目，今天来是想再求证几处细节。”

唐季珊（叼着雪茄）：“哦？她不是自杀吗？现场你们都看过了，还有什么好问的？”

孙侯：“据死者母亲说，3月7日下午你来接阮玲玉参加晚宴时，曾和她发生过激烈争执……有这回事吗？”

唐季珊：“唉，还不是因为她和张达民那点儿破事。不怕孙探长笑话，别看我们平时风风光光的，其实家家有本难念的经。”

孙侯：“在庆功宴上，阮玲玉的情绪怎么样？”

唐季珊：“情绪？情绪倒是很高涨，不停地和这个说话，给那个敬酒，舞也是一支接一支地跳。现在回想起来，只怕她是早做好了自杀的打算，所以想尽全力享受最后的每一分钟。”

孙侯：“我们了解到席间死者曾有过短暂离开，你知道她去哪儿了吗？”

唐季珊（闻言皱眉）：“她有离开过吗？这倒没注意。可能是去补妆了吧？你知道，女人就是麻烦！”

孙侯（与梁佑对视了一眼）：“听阮小姐的母亲说，回家后，你们又喝了不少。”

唐季珊：“她想喝，我就陪她喝咯！犯法的吗？”

孙侯：“当然不。”

（唐季珊的嘴角慢慢咧了开来，紧接着爆发出一连串盛气凌人的笑声，脸上露出某种洋洋得意的神情。）

孙侯：“再说一下你们回房后的经过。”

唐季珊：“孙探长，这些话我早在第二天就对警察说过了。现在又来问我，什么意思啊？把我当犯人审？”

孙侯：“我说了，还有些细节要再确认。怎么，有什么不方便吗？”

唐季珊（咳嗽一声）：“回来后我见她兴致不减，便顺手从餐厅拿了一瓶马爹利去房间接着喝。她絮絮

问询记录

叨叨说着话，无非是这些年来的诸多感慨。我们俩就这么你一杯我一杯地喝……喝着喝着我就感到不行了，迷迷糊糊倒在床上。也不知道过了多久，我被窗外吹进来的风给冷醒了，醒来发现有人扑在我身上。梳妆台上的台灯并没有关，我看了看她，推了一下没推动，摇她也没动静。我奋力将她移开坐起身来，借着灯光见她两眼紧闭，一动不动。我有些慌起来，起身又看到梳妆台上压在碗底下的遗书，还有一旁倒空了的安眠药瓶，这才意识到出事了。我赶忙倒了些水试图给她灌下去，一边叫她的名字，看看能不能把她弄醒。可一切都是徒劳，水顺着嘴角流出来，根本起不到作用。"

梁佑（突然开口）："倒了几杯？"

唐季珊："什么？"

梁佑："我问，你一共倒了几杯水？"

唐季珊："大概……两三杯吧，当时那个情况，谁还记得这许多？"

唐季珊（接着先前的话）："跟着姆妈听到动静上来，看到也吓了一大跳，忙问我出了什么事。我草草说了情况，随后我们手忙脚乱地把她抬上车送去医院。"

梁佑："遗书呢？"

唐季珊（有点心烦意乱）："什么遗书呢？"

问询记录

梁佑："走的时候，没一起带上？"

唐季珊："当时救人都来不及，哪儿还顾得上什么遗书啊？我是回去后才将遗书收好，并事后交给警方的。"

梁佑："那后来呢？"

唐季珊："后来……到了医院，虽然医院全力抢救，但终究还是为时已晚。"

梁佑："是为时已晚，还是你送去太晚？"

唐季珊（跳起来，整张脸因惊恐羞愤而强烈扭曲）："你……你说什么！"

韩渊："唐先生，你是否可以向我们解释一下，当晚送治死者时为什么放着附近设施齐全的广仁医院和诺尔医院不送，偏偏要去地处偏僻的福民医院？"

唐季珊："我、我……那是……"

梁佑："当得知福民医院没有值班医生无法救治时，你又将阮小姐送去一家缺少专业设备的私人诊所，结果还是无法实施抢救。若非你舍近求远兜了这么一大圈，白白错过了抢救的最佳时机，或许阮小姐还能有生还的希望。"

唐季珊辩称道："我当时吓得六神无主心慌意乱的，脑中乱糟糟的一片，想来怕是记岔了？"

梁佑："记岔了？这个理由一开始或许还说得通，

问询记录

但奇怪的是，当福民医院建议你转去设施齐全的大医院时，你并没有立马动身，而是继续在那儿交涉。即便是后来同意转院，也是去到一家私人诊所，而没有听从对方的专业意见。呵……这可就实在有些说不通了。除非……你并不想她被及时救治！”

提 示

注意唐季珊表述的一些细节。

获得线索14：最新化验结果

1. 警方在碗的外侧发现有从碗口顺着碗壁淌落下来的八宝粥痕迹。

2. 遗书上面什么都没有检测出来，也没有压痕。

请结合以上所有线索完成任务。推理结束后，玩家可前往《游戏手册 · 真相专区》获得最终线索，验证自己的答案！

BINGYAN

出题人：　朱奕璇

上个月，我换了一颗心脏，它在胸腔怦怦直跳，仿佛要挣脱出这血肉的束缚。

我理解它，毕竟我非它的原主。

手术带来的后遗症包括大量的记忆混乱，医生建议我要开始记日记，我温顺听从，却还是无法阻止每况愈下的精神状况。

我频繁地做梦，白天夜里，只要一闭上眼睛，便有不属于我的记忆灌入脑海，翻天覆地，这些记忆都与一个女子相关。

她模样温婉，似个南国丽人，一张口，却是稚嫩的童声。她在梦里哼着歌，越过无数斑驳破碎的幻境，那歌的调子轻快似童谣，却反反复复只有一句话，显得分外单薄：

“心脏心脏你别停。”

TASK 本关任务 TASK

1. 找到少女的真实身份。（2 分）
2. 找到故事背后的真相，还原整个事件的经过。（3 分）

游戏开始，请根据游戏内路线开启你的解谜之旅！

路线1

2017年11月15日

· 地点：我的单身公寓，卧室

· 物品：一只粉红色的玻璃风铃，一个雕镂着漂亮的桃花、没有上锁的白色盒子

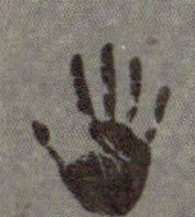

盒子内的通信器、录音笔、一把钥匙、一张纸条

线索1

心脏心脏你别停。
西郊十字路三十五号。

路线2

2017年11月16日

· 传闻：西郊十字路三十五号有一个少年神医。
没人见过他，只是相传他性情古怪，避世隐居，非奇病怪病不医，且总能妙手回春。去拜访他的人，需要在三十五号楼里待上几日，其间，要说出自己所患病症的故事。
——说出你得的病，便能得到治愈。

· 人物：邻居
“给你个建议，能离那多远便离多远。
“许多去了那儿的人，再也没回来。最近还有个青年去警局闹事，据说是亲人在三十五号失踪了，警方介入调查，最终也没什么结果。
“总之，邪门。”

你选择

★A. 前往查看，翻到108页
★B. 听从邻居的建议，当作无事发生，翻到109页

西郊

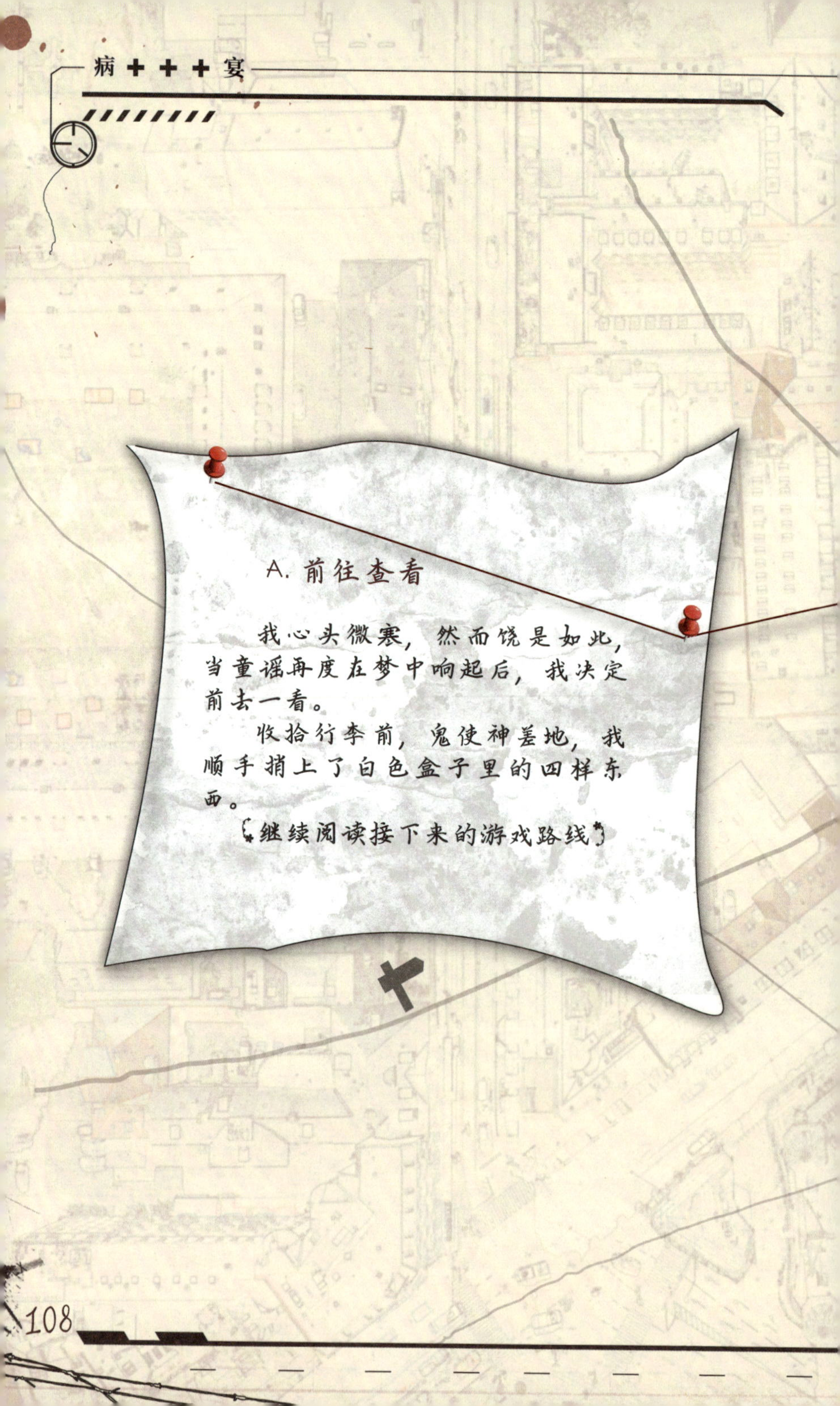

A. 前往查看

我心头微寒，然而饶是如此，当童谣再度在梦中响起后，我决定前去一看。

收拾行李前，鬼使神差地，我顺手捎上了白色盒子里的四样东西。

【继续阅读接下来的游戏路线】

B. 听从邻居的建议，当作无事发生

游戏结束，之后你还是被梦境烦扰，但也无计可施。

（此刻你可以选择重新开始）

路线3

2017年11月17日

· 地点：西郊十字路三十五号楼，客厅

· 人物：我和另外三个病人，两男一女，其中一个盲女，一个哑巴，一个聋人

事件：四个病人的盛宴

第一个故事——盲女的故事

在患病之前，她是一个再正常不过的上班族，不知为何，她忽然瞎了眼睛，第一次去医院检查，却被告知身体器官没有问题。

她无奈，被迫辞了职，各方辗转求医，最终在某家医院确诊了眼球病变一事。病变已深达视觉神经的根部，在医生的建议下，她接受了“换眼”手术。

手术出乎意料地成功，医生笑着叮嘱她还需要住院观察一段时间，也许还有后遗症。

没想到一语成谶。

大约自手术后第三天起，她出现了严重的幻视，一睁开瞳孔，视野中总是飘荡着一个模糊的红影子。几天后，影子渐渐定格清晰，凝成一个小女孩的模样，稚声稚气地唱歌：

“鬼怪鬼怪在哪里，藏在小女孩的眼睛里。”

她即刻接受了药物治疗和心理辅导，然而病情反倒越拖越重，无奈之中，偶然听说了三十五号楼的传说。

路线4

2017年
11月18日 凌晨

· 地点：哑巴房间的衣柜

· 事件：一个少女被藏在哑巴房间的衣柜里，皮肤苍白，毫无血色，紧紧闭着眼睛，口鼻已经没了呼吸，但身体却不僵硬，也没有扩散的尸斑。

突发事件

路线5

2017年
11月18日 夜

· 地点：哑巴房间

· 事件：一个人横陈在地上，心口插了一把刀，他睁着苍白的眼睛，血染了半身——是哑巴。

第二个故事——聋人的故事

原本过着正常的生活，猝不及防来了一场器官病变，辗转再三才在一所医院查得病因，最终接受了器官移植手术，却出现了严重的幻听。

耳边总响起一个小女孩的歌声：

“鬼怪鬼怪在哪里，躲在小男孩的耳朵里。”

鬼怪鬼怪在哪里，
藏在小女孩的眼睛里。
鬼怪鬼怪在哪里，
躲在小男孩的耳朵里。
心脏心脏你别停。

线索2 残缺的童谣

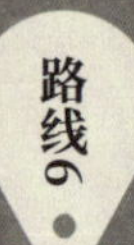

2017年
11月19日

· 地点：客厅

· 事件：大门被锁，食物和水少了很多

突发事件

线索3

第三个故事——哑巴的故事

他的喉咙哑了，却常常被人说“听到你在说些莫名其妙的话”，来自另一个“不存在的人”的话。

后来，他遇到一个少女。

“身量纤细的女孩，皮肤苍白而没有血色，像一座石膏像，像一个死人。”——哑巴这样描述。

“她向我走来，笑着，递过来一杯药，告诉我，它能够治疗我的病。我喝了下去，她柔声让我看着某个地方，我忘记了看到了什么，只记得突然陷入了昏睡，陷入一片梦境。这样的治疗持续了很久，情况却全无改善，反而变本加厉。”

“哑巴的喉咙里响起鬼怪的话。”

这是关于他的童谣。

“机缘巧合之下，我来到了三十五号，这个我姐姐曾经寄托希望的地方，可是她在这里失踪了，再也没能回来，希望我不要与她一样。”

2017年
11月21日

· 地点：发现死者少女的柜子

线索4　一本字迹潦草的笔记

内容是关于一场人体科学实验，一个疯狂的医生，一个无辜的受害者，以及一场无人知晓的惨案。最后受害人死了，而那医生还活着。

· 事件：来到三十五号楼的四个病人，全都是在同一家医院查到病变，并在同一家医院完成了所谓的“器官移植手术”。

西郊

2017年
11月24日

路线8

· 地点1：
三十五号楼

事件：每个人都做了一个相同的诡奇梦，梦里那个在医院为我们"移植器官"、疑似是凶手的医生静静地搂着少女坐在衣柜里。

三十五号楼

· 地点2：
哑巴的房间

事件：衣柜柜门打开了，医生神情恍惚地坐在里面，怀里搂着一个少女，准确来说，是曾经发现的那具少女的尸体。

他像摆弄娃娃一样地摆弄她，在她的心口画了一颗心，眼皮上贴了一双纸片眼睛，其余器官也如法炮制。

医生低头温柔而虔诚地吻了吻少女的额头，柔声道："我将他们的器官带来你这，给你换上，你睁开眼睛，好不好？"

哑巴的房间

2017年
11月25日

线索5 医生的故事

大学期间结识了他的挚爱，那是一个与他志趣相投的可爱女孩。谁知，一场医疗意外夺去了她的生命，他几乎发疯，颓在宿舍几天几夜，最终在女友的葬礼上露面，劫走了棺材。

“她身上没有尸斑，没有变僵。我会将她复活，我几乎做到了，活生生的器官我都凑齐了，我试了好几轮了，你们一定行的。如果不行，我还可以继续再找。

“心理催眠。利用你们吃的食物、喝下去的药水，让你们以为童谣是真的，整日惶惶不安。

“我知道我罪无可恕，一定会死，只是在我死之前，能不能让我再见她一面？”

Doctor

路线10

2017年
11月26日

· 地点1：
哑巴的房间

事件：医生死了，是割腕。他挣扎着爬到了哑巴的房间，拥着死去的少女，同她一起死去了，在他的指尖刻着一行小小的字：爱，才是一种无药可救的病。

哑巴的房间

· 地点2：
三十五号楼

事件：医生死后，三十五号楼的所有上锁的门都敞开了。我们急匆匆地收拾行李，迫不及待地离开，我负责清理哑巴的房间。

一个本子和一张纸

线索6

里面记满了各个交易的时间、地点、人物、金额，笔迹娟秀，某一页上标明了交易的物品——眼睛一双，耳朵一对，一颗心脏……

我的名字和手机号码

地点3：
三十五号楼外

事件：我和盲女在车上等埋葬少女的聋人，却迟迟不见他。我刚下车准备去找他，才走到门口身后便发生爆炸，盲女葬身火海。然而被我们发现死在衣柜里的少女，却从楼里走了出来。

线索7

少女的故事

“医生是我们在外贩卖器官时打的幌子，却招来了警察注意，不得不将他作为牺牲品处理掉，以保全大局。一切都会付之一炬，除了这个本子，警察追踪过来，只会发现我们给他们的结局。

“医生也是个傻子，他心里那个好女孩早就在葬礼上下葬啦，他根本没有把她的棺材劫下来……

“知道我为什么对你说这么多吗？因为死人是不会说话的，处理掉你们，处理掉这里，处理掉医生，我们就能把警察的线头全部处理掉了。”

线索8

我的回忆

我的脑海里闪回那一切起始的下午，苦苦站在警局前等候的青年，眼里激烈的锐光比北极星还要明亮，对我们说：“请相信我，这是一个犯罪阴谋。”

于是，我给了他信任，给了他写有我名字和手机号码的纸条。

三十五号楼外

路线11

2017年
11月26日

·地点：
我的公寓

事件：少女被逮捕了。她抗警时，我向她肩头开了一枪，据说，她身体本就虚弱，因为伤口处理不得当，被带到警局后不久，便失血过多而死了。我将录音笔和少女日记都作为证据交给了上级，为少女定罪。

我的公寓

线索9 我的故事

我患有先天性的心脏衰竭，半年前做了移植手术，不是在那医生的刀下，而是在另外一所医院，捐献者是我的发妻。

她在赶往医院的路上出了车祸，早早留下的遗嘱里，写清了要将器官捐献给我。

白色盒子里的四样东西，录音笔搜集证据，通信器联络警方，纸条诱导我前往地点，而剩下那把钥匙——是我回家的钥匙。

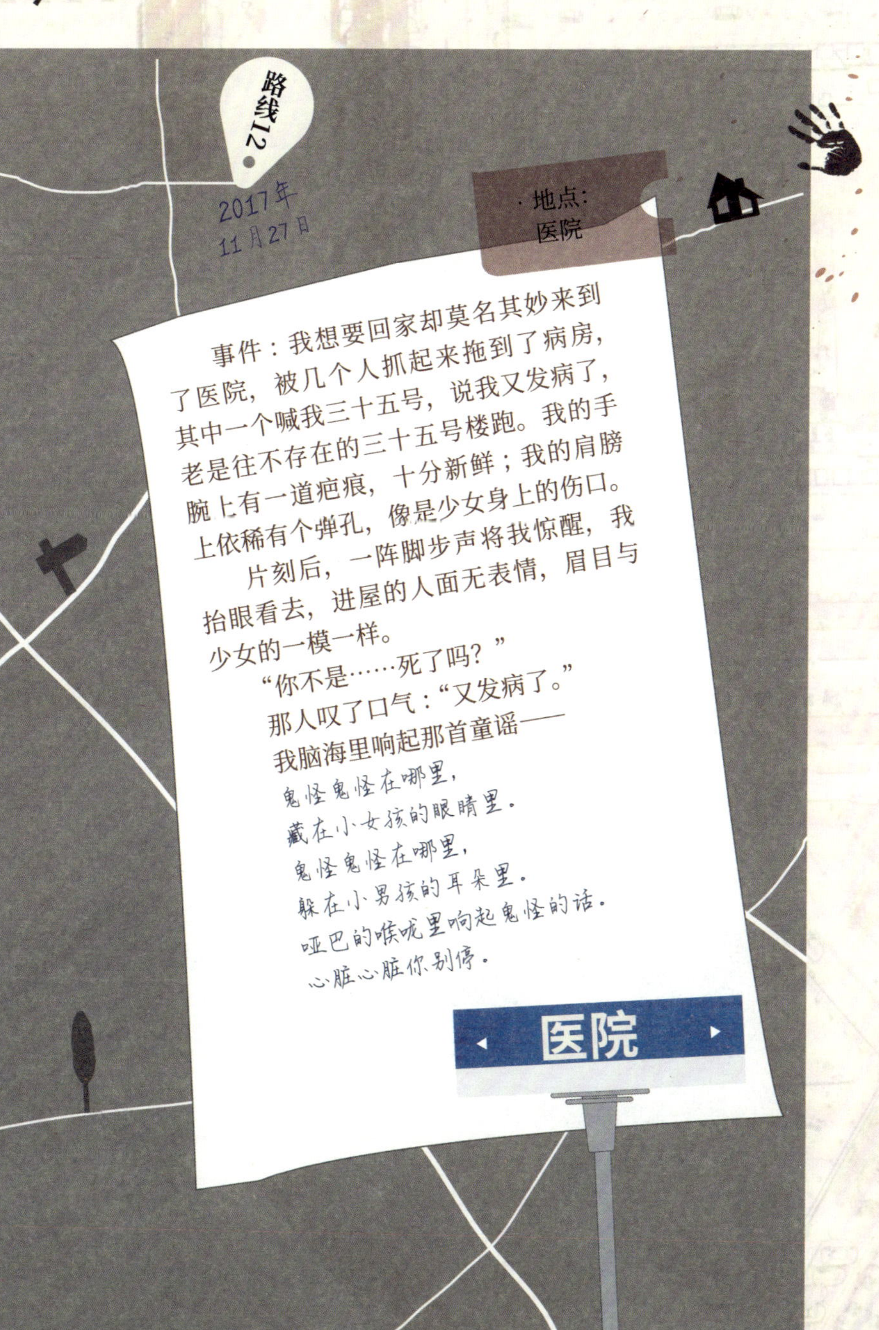

事件：我想要回家却莫名其妙来到了医院，被几个人抓起来拖到了病房，其中一个喊我三十五号，说我又发病了，老是往不存在的三十五号楼跑。我的手腕上有一道疤痕，十分新鲜；我的肩膀上依稀有个弹孔，像是少女身上的伤口。

片刻后，一阵脚步声将我惊醒，我抬眼看去，进屋的人面无表情，眉目与少女的一模一样。

“你不是……死了吗？”

那人叹了口气：“又发病了。”

我脑海里响起那首童谣——

鬼怪鬼怪在哪里，
藏在小女孩的眼睛里。
鬼怪鬼怪在哪里，
躲在小男孩的耳朵里。
哑巴的喉咙里响起鬼怪的话。
心脏心脏你别停。

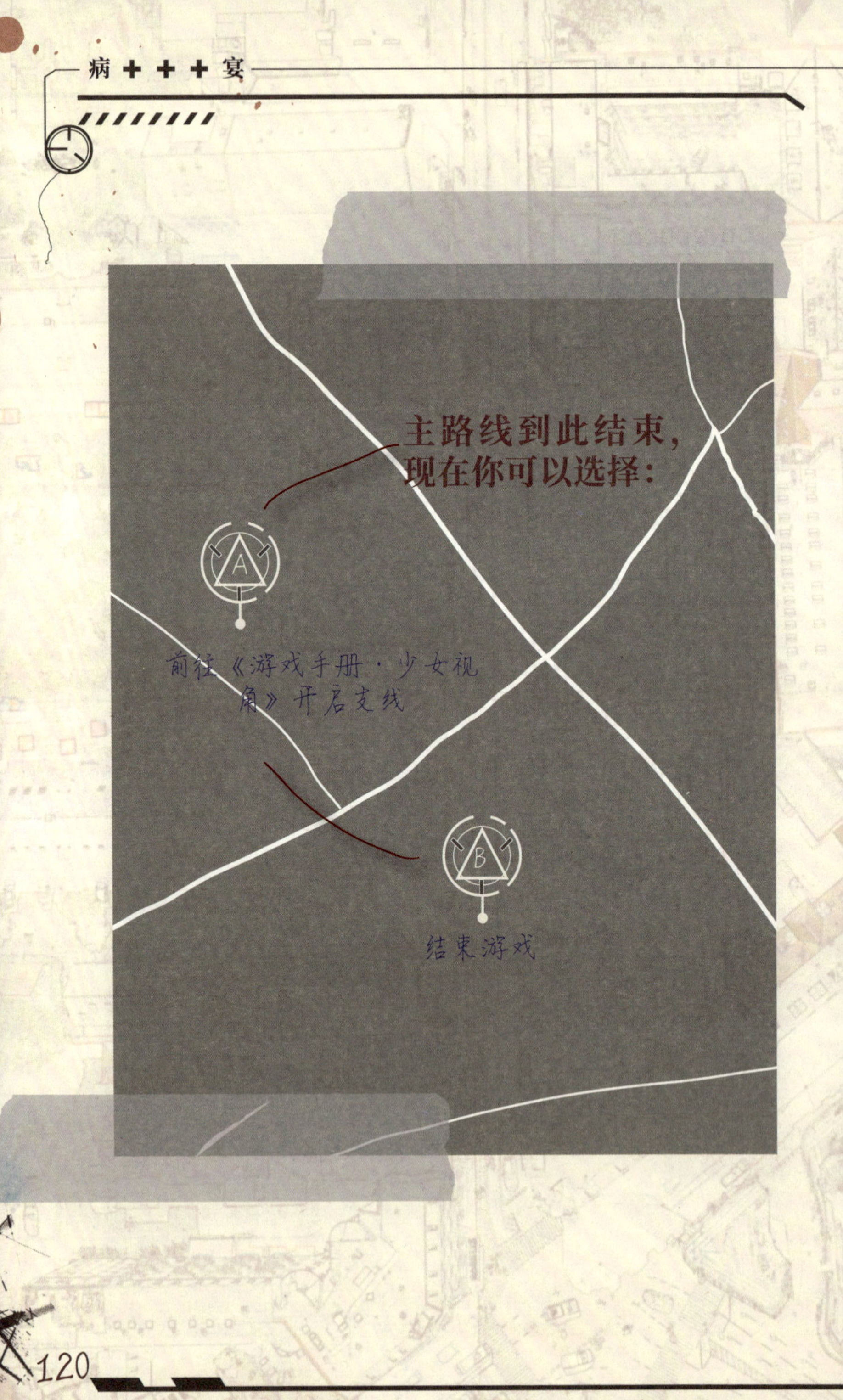
主路线到此结束，
现在你可以选择：
A
前往《游戏手册·少女视角》开启支线
B
结束游戏

异梦

YIMENG

出题人：楚游尘

提 示

本关为附加题，难度指数★★★，通过本关者将获得奖励卡一张！

奖励卡分为

“选择跳过某关卡并积分 +5”

“积分额外 +2”

“等级升一级”三种，

可在完成所有题目后与

“觉醒人”组织群的管理人员联系，

获取你的奖励卡。

注意，组织群的联系方式就在笔记上！

00

我喜欢看一些过去的文字。

旧书、旧报纸、旧杂志……泛黄的纸张上刻印着的黑色铅字仿佛可以穿越时光。摊开书页，过去的时代好像就呈现在了眼前。

今天，我又从旧书商那里买了几斤旧书。

里面大多是好几十年前的杂志，还有一些不知道是从哪个学校回收的学生日程记录。

看这些老书别有一番意思。

在书页空白的边缘留着许多人的记录，这些曾经年轻，曾经写下炽热理想的人，现在究竟在何处呢？想起来就让人充满了好奇。

我在这堆旧书里发现了一个满是污渍的红布包，红布包已经脏得有些发黑了。我打开了红布包，里面有很多已经老得发黄的纸，纸上写着文字。

我只是随意一瞥，本来并没有对这个布包抱有太大的希望，但就是这一瞥，却让我再也无法移开眼睛。

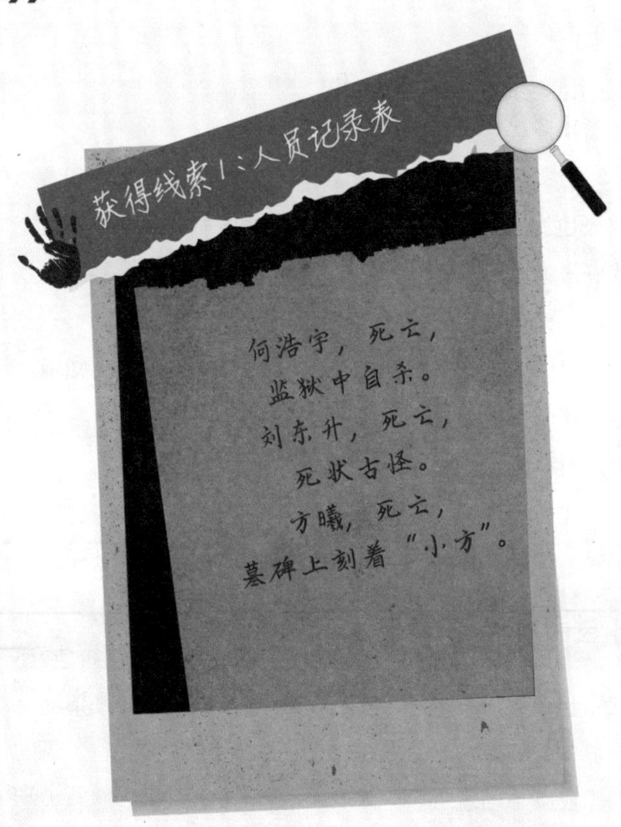

这三个人名，以及人名后面的“死亡”两个字引起了我的注意。

这张人员记录表上记录的名字到底是谁？

这三个人为什么死了？这三个人是真实存在过的吗？

我不由得打了一个冷战，迫不及待地翻阅着这些旧纸，想从中找到更多有关的信息。

THE ULTIMATE MISSION

附加题

终极任务揭晓

任务1： 完成每个谜题，解出对应的隐藏信息。（3分）

任务2： 揭开红布包隐藏的故事真相。（2分）

提示

因为红布包里的记载很散乱，所以有些剧情和线索的顺序看起来会有点奇怪，但并不影响阅读和推理。

01

获得线索2：视频文字记录

时间	深夜	地点	北福西街

记录内容

“老板，来碗炒粉。”

（奔驰车停在北福西街唯一开着的餐厅面前。）

老板张福生（扶了扶眼镜，面带歉意）：“不好意思，最后一碗炒粉已经被刚才那位先生买走了。”

（张福生指着前面不远处的那名捧着打包盒，正在吃粉的男人。）

奔驰车主：“真的没有了吗？”

张福生：“真的没有了。”

（同时抓住了餐厅的卷帘门，准备关门。）

奔驰车主：“一碗都没有了？”

张福生：“我说过了，今天的炒粉是真的没有了，最后一碗刚刚已经卖给前面那位先生了，你要是真想吃的话，你去找前面那位先生好了。”

（张福生双手用力，不等回话，直接拉下了卷帘门。）

时间	深夜	地点	餐厅二楼

记录内容

（电视里传出了催眠的晚间新闻播报声。）

（张福生眼睛半睁半闭地躺在躺椅上，没有心情去理会外面的事情。张福生看了看墙上的挂钟，掏出手机，打了个电话。）

张福生：“喂，儿子？”

张福生的儿子张平：“是我，怎么了？”

张福生：“今天还是老时间回来吧？”

张平：“是，马上下班了。”

（张平看到不远处驶过来一辆奔驰。）

张福生：“今天回来就能吃到爸爸做的炒粉了，怎么样，高兴吗？”

张平：“先不说了，我要工作了。”

（张平马上挂断了电话，伸手拦下了自己刚刚看见的那一辆奔驰。奔驰按照张平的要求在路边减速，停了下来。）

张平：“你好，请出示行驶证与驾驶证。”

（张平接过车主递过来的驾驶证，看清了上面的名字——何浩宇。）

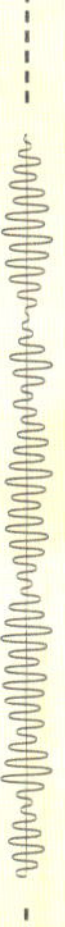

时间	深夜	地点	餐厅二楼

记录内容

张平："请对着这个吹一下气。"

（把酒精检测仪递到何浩宇的嘴边，何浩宇皱了皱眉，但还是吹了一口。检测仪显示他没有酒驾。）

张平："请收好行驶证与驾驶证，注意交通安全。"

（何浩宇收好证件，发动汽车离开。）

这是很奇怪的一种记录方式。

我看着这段视频文字记录，觉得自己像是在看小说，但是这郑重的标题与前面出现的三个人名又在提示我，这一切好像是真实发生过一样。

那被涂黑的地方，就像是视频在播放时会因为各种偶发情况出现的雪花。

这里应该有东西，但是不知道是什么，所以被涂黑了。

这奇怪却又有着莫名吸引力的叙事方式，让我对红布包里纸上的内容产生了更强烈的好奇。

02

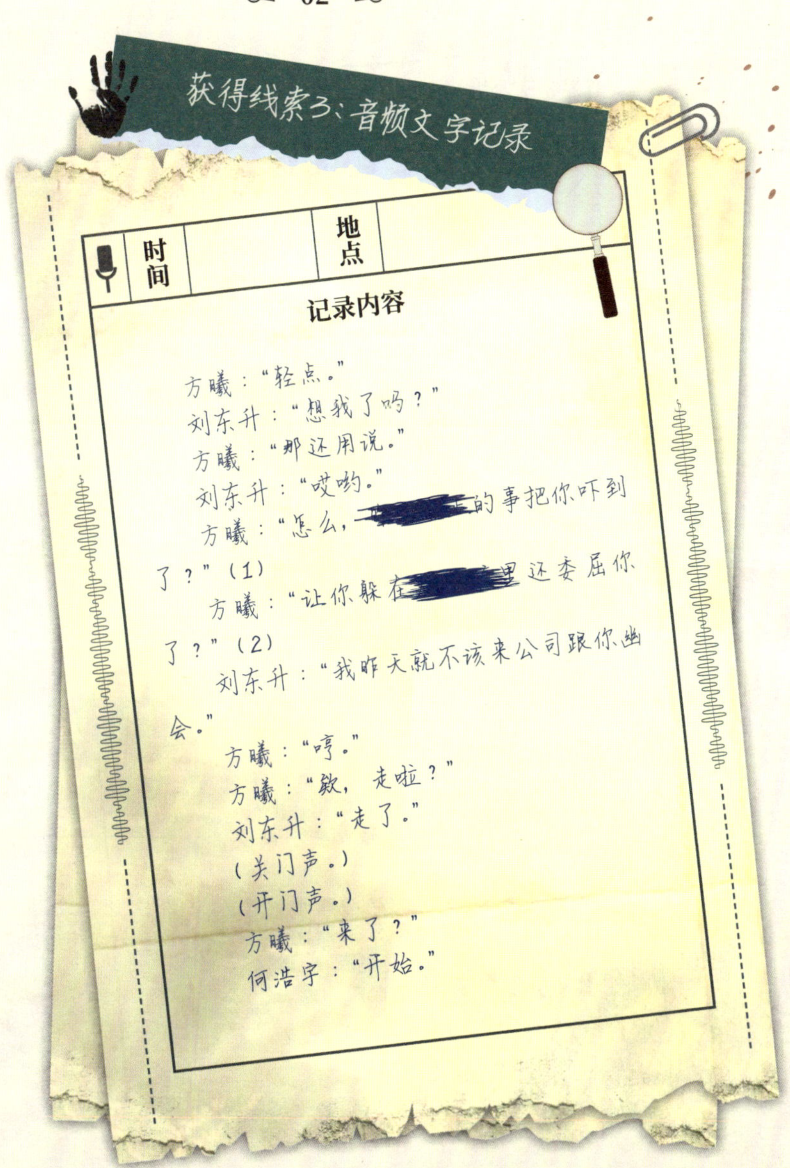
获得线索3：音频文字记录
时间
地点
记录内容
方曦："轻点。"
刘东升："想我了吗？"
方曦："那还用说。"
刘东升："哎哟。"
方曦："怎么，的事把你吓到了？"（1）
方曦："让你躲在里还委屈你了？"（2）
刘东升："我昨天就不该来公司跟你幽会。"
方曦："哼。"
方曦："欸，走啦？"
刘东升："走了。"
（关门声。）
（开门声。）
方曦："来了？"
何浩宇："开始。"

时间	深夜	地点	餐厅二楼

记录内容

（“砰！”开门的声音。）

何浩宇：“继续。”

何浩宇：“继续。”

何浩宇：“钱货两清。”

何浩宇：“走吧。”

女声：“哪里找的？质量还行。”

何浩宇：“微信。”

女声：“打车来的？”

何浩宇：“你什么意思？”

女声：“你修车了？”

何浩宇：“是的。”

女声：“修车可贵了，修了一百万吧？”

何浩宇：“下次注意。”

音频在进行人工记录时会出现很多问题，当出现某几个无法听清的字时，我会反复地听，直到这个字的音素和波形在我的脑海里产生了印象。

针对上述涂黑的地方，我也做了专门的记录。我将脑海里的音素和波形记录了下来，音素的组成和流动的波形能够很方便地还原原文，因为时间紧张，这件事我暂时就不做了。

记录者

这个记录者很奇怪，他到底是个什么样的人？为什么在他听来音素与波形会是这个样子？

这不是正常的记录方式，我听说有些人的大脑跟普通人的不一样，他们看到或听到的世界跟正常人不同，这个记录者或许就是这样一个非比寻常的人……

又或者……根本不是人……

提 示

所有括号内标有数字的地方，均为谜题部分，会在下方对应；为了方便观看，音素和波形已经转换成了可以看懂的表达。

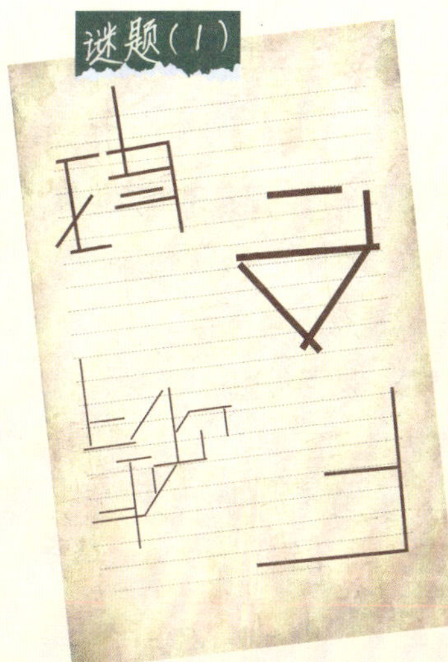

提示：

左边四个汉字的笔画被打乱了，每一个笔画按本身的方向进行了移动，通过移动这些线的位置，可以还原整个汉字，从而得到谜题（1）的隐藏信息。

谜题（2）

第一组：

CEUEN：1

HOXAG：2

HBII：3

第二组：

C－2，E－2，U－15，E+3，N－1

H－6，O－10，X－14，A+11，G+7

H-4，B+5，I，I+2

提示：

根据第一组字母与数的对应可以得到每个字母对应的第一个数；第二组则是根据该字母在字母表中的顺序减去或加上后面的数，得到每个字母对应的第二个数。比如：C 在字母表中是第 3 位，3-2=1，则 C 对应的第二个数是 1，那么 C 就是（1,1），是不是很像坐标？所以找到每个字母对应的坐标，你就能得到第一组字母代表的意思，从而得到谜题（2）的隐藏信息。

03

人员记录表里出现的三个死者一齐出现在了这段录音里，看样子他们三个人是有联系的，不过那个女声是谁的我目前还不清楚。

现在线索还太少，我对这个故事还是一头雾水。

这三个人究竟是怎么死的，在他们身上到底发生了什么？

我继续翻找着红布包里的东西。

获得线索4：新闻简报

北福西街小吃店飞来横祸

“下面让我们把视线放到北福西街。昨夜，北福西街一家炒粉店遭遇飞来横祸，一辆大卡车疑似刹车失灵，竟直直地撞向了炒粉店，引得炒粉店起火爆炸，目前造成一死一伤，相关嫌疑人已被警方控制。案件后续发展本报会持续跟踪报道……”

简报内容

这是一份新闻简报，上面说北福西街的炒粉店出事了。

这一点是我没有料到的，我没有想到这样一个看上去和故事关联不大的炒粉店，居然会以这样的方式重新进入到故事当中。

换一个角度想，北福西街炒粉店被撞一事记录在这个红布包里面，是不是说明这也是这个故事里面十分关键的一环？

可是直到目前为止，这些零碎的线索还是根本无法串联起来。

04

获得线索5：刘东升日记

本文根据刘东升日记，艺术加工而成。

记录者

日记内容：

刘东升从办公室外走了进来，轻轻地关上了门，俯在何浩宇的身边耳语道："方曦死了。"

"哦。"

"好像是心脏病，医生说是受了太大的刺激。"

何浩宇看了刘东升一眼："知道了。"

刘东升及时闭嘴。

下班后，刘东升找到了一家卖香蜡纸烛的店，买了一套香蜡纸烛。

刘东升是一个比较传统的人，他对现代的一些文化不屑一顾，现在的二维码扫墓他从根本上就很排斥。

刘东升找到了一条河，在河边立起了蜡烛，然后开始上香，烧纸钱。

此时一个道士从刘东升的身边走过，他看了一眼刘东升烧的纸钱，然后停住了脚步。

“兄弟，你这个纸钱，烧得不对啊。”

刘东升扭头一看，发现是一个道士，于是问道：“哪里不对了？”

“你看这个纸钱，燃尽之后根本没有灰烬升上天空，这说明了你祭奠的那个人根本不想收你的纸钱啊。”

刘东升听到这句话一下就慌了，他连忙跪倒在地，抱住道士的大腿：“大师救我。”

“你我今日相遇即是有缘，我有一法，可破。”

“大师能传授于我吗？”

道士半抬起头，伸出手掌：“那这香火钱……”

“好说，好说。”

刘东升连忙从皮包里掏出了自己所有的钱。

“大师，我身上带的就这么多了，要是不够的话我可以去取……”

道士用手一摸，感受了下厚度，差不多2000块，心中暗喜。

“够了。”

道士往自己腰后一摸，拿出一把折扇。

“此乃我龙虎山镇山法宝——八宝玲珑扇，此扇一出，可通阴阳，到时候你要祭奠的那个人就会接收你寄过去的纸钱了。”

“那大师，此宝具体如何使用呢？”

“张开扇子，对着火堆轻轻摇晃即可。”

刘东升张开了扇子，对着火堆打扇，燃烧后的灰烬果然飞了起来，他欣喜地对着道士说道：“大师，可是这样？”

道士点头，捻了捻胡须，说道：“纸钱飞舞，入土为安啊。”

刘东升欣喜地对着地上的火堆扇火，半晌后，当他再次转身时，道士已经不见了。

刘东升回到办公室，何浩宇正在看电视。

“何经理。”刘东升说道。

“怎么了？”

“我刚刚去找大师算了一卦。”刘东升低着头，不与何浩宇的视线相触。

何浩宇换了个姿势坐在老板椅上，垂着眼皮看向了刘东升：“算了什么？”

“方曦的事。”

“怎么说？”

“大师说要入土为安。”

“入土为安？”何浩宇笑了笑，“拿什么入土？”

“我寻思着给她弄个衣冠冢吧。”

“这么讲究？”

“传统嘛，就信这个。”

“也好。”何浩宇在身上掏了掏，丢出一串钥匙，“地址你知道的吧，去那里找两件衣服，找座山立个衣冠冢就是了。”

刘东升拿过钥匙，离开了办公室。

获得线索6：视频文字记录

时间		地点	何浩宇办公室

记录内容

何浩宇：“刘秘书，待会把 打到我上次给你的那个账户里。”（3）

刘东升：“好的。”

（刘东升点头答应，掏出手机，给那个账户转了 ）（4）

我对数字很敏感，一个数字在我脑袋里我很难不将其拆分成一个又一个的元素。请原谅我无法写出那个能够让普通人一眼就看明白的数字。

顺便说一句，我很喜欢7这个数字，我觉得7是所有数中最大的。

记录者

提　示

所有括号内标有数字的地方，均为谜题部分，会在下方对应；记录者无法写出的部分已替换成可以看懂的表达。

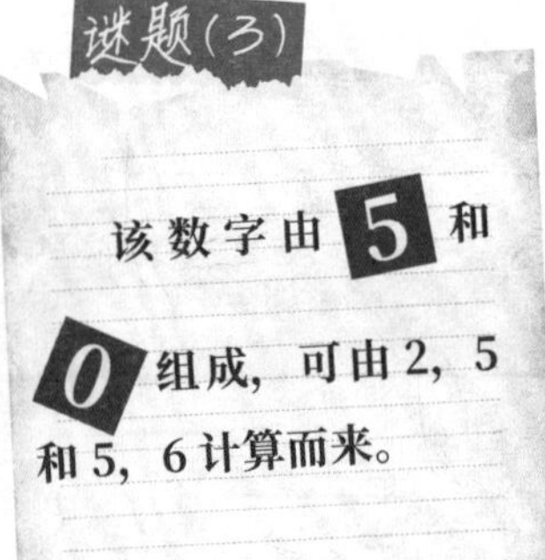

提示：

根据数字与数字间的关系，以及“5”和“0”的提示，可以计算出谜题（3）的隐藏信息。

3641100

提示：

根据“记录者”所说，7是所有数中最大的，那么记录者很可能使用什么数学方式来表达谜题（4）的隐藏信息呢？可前往《游戏手册·真相专区》获得关于该谜题的提示。

05

方曦死了。

这一则记录则更加坚定了我关于记录人是一个脑子有异的人的猜想。

只有这样的人，才会将一个数字拆分成这个样子去看。

可是他的异常也带来了我的麻烦，因为他奇妙的记叙方式，我不得不再次解开这个谜才能弄清楚这两个人到底干了什么。

而到目前为止，方曦在所有记录里出现的次数屈指可数，她就像是一个陪衬一样，死得不明不白。

我迫切地想要知道更多关于她的信息，我在红布包里翻找，最后总算是找到了一处有关于她的记录。

获得线索7：梦境

说出来也许没有人相信，刘东升向我托梦了。

在梦里，我成了刘东升，跟着他一起去了一趟别墅。

醒来之后，我迫不及待地将自己的梦境记录了下来，可是梦就像捧在手上的水，它们总会流逝。

有些地方，我真的是记不起来了。

记录者

梦境内容：

刘东升出现在了市郊的一处别墅区，在一排相似的别墅里找到了手里的钥匙能打开的那栋别墅。

别墅里很冷，衣服丢得到处都是，客厅的茶几上摆放着几件内衣，电视上顶着几条红黑蓝白的长裙，垃圾桶里是外卖盒。

典型的独居场面。

刘东升突然听到了“呼呼”的声音，他心底一紧，循声望去，发现是一台打开的电脑，电脑一直处于运转状态，刚才正是风扇工作的声音。

刘东升突然对方曦平时上网干些什么有些好奇。

他走过去坐在电脑前，电脑屏幕上很干净，没有游戏，唯一不属于这个操作系统自带的软件是Photoshop。

点击。

默认文件夹里是一串用不明意义的英文字符命名的文件，这可能是方曦自己创造的命名规则。

刘东升随便点开一个，方曦平时在这间房子里用这台电脑的 Photoshop 做的事情出现在了他的面前。

那是一幅画。

画的是蓝天，草原，和一栋草原上的房子。

用色很简单，笔触也很粗糙，画得并不算好，可是刘东升看起来就是觉得很舒服。

顺着这个文件夹，刘东升按照文件的创建时间，一个接一个地看方曦的创作。

她的画从一开始的蓝天白云，到后面冷色调的钢铁丛林，再到最近画的大红大黑的颜色块，刘东升越来越看不懂方曦到底想要画些什么。

尤其是她最近的一幅作品，那是一幅用泥色作为底色，遍布了黑色与红色的作品。画面正中是一个只画了一半的人头，其疯狂的姿态，让刘东升想起了弗朗西斯科 · 戈雅的《农神食子》。

害怕。

刘东升连忙关掉了这幅画，点开了浏览器，他想看看方曦平时都搜索浏览了些什么网站。

时装周。

游轮。

疾病治疗。

旅游。

购物网站。

视频网站。

穿搭。

都是固有印象中女生喜欢看的那些东西，方曦看起来也是很符合社会固有印象的那种女人。

刘东升来到了卧室，他想从衣柜里找几件方曦平时经常穿的衣服，据说用这样的衣服做衣冠冢才能最大程度地安抚亡灵的心。

之后刘东升驾车来到了一处荒山，爬了半个小时之后终于找到了一个风景比较好的地方。他用随身带着的铲子挖了一个坑，将三件方曦挂在衣柜前列的衣服埋了进去，填上封土，又从包里抽出了一块木板，拿出了一根油性笔，准备给方曦立一个碑。

“方……xī……”

这个“曦”字怎么写的来着？

刘东升突然尴尬地忘记了方曦的名字怎么写，“方”字已经写在了木牌的上面，下面总不能写个拼音吧。

刘东升突然犯了难。最后，他在“方”字的上面，那很小的一块空余地方，写了一个“小”字。

小方。

看起来也很亲切，就是字体的排列不太美观，不过想来方曦应该不会在意这种事的。

木牌就这么被刘东升插在了那个小土包前，没有落款，没有时间。

刘东升拜了三拜，离开了。

视频很多时候会出现波动，本来顺畅的画面被意料外的拉扯弄得支离破碎，我只能将展现出来的样子记录下来，然后留下足够的信息以便恢复原貌。

记录者

我觉得很荒谬。

不单单是这个故事里，方曦墓碑上的“小方”居然是以这样一种方式被写上去的，就连这个故事的出现，都居然只是因为一场托梦？

我开始怀疑这个记录者不是脑子有异，也许他真的是一个精神病人。还是说这一切本来就只是个虚构的故事而已，这只是他的叙事手法？

这时，我突然发现了一张之前我遗漏的纸，上面记录的东西，我觉得也许会对我理解整个故事有帮助。

拿起纸，纸上的记录出现了一种让我觉得很不舒服的上帝视角。

这个记录者，到底是以一种怎样的视角在记录这个故事？

06

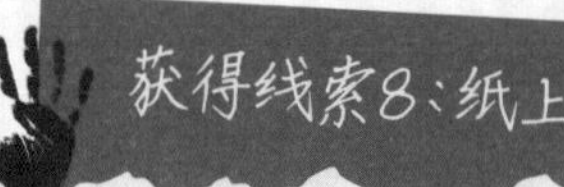

地点	何浩宇的家

记录内容

（何浩宇将汽车驶进车库后直接回了家，家里没人，屋里一片漆黑。他打开电灯，坐在沙发上，给自己倒了一杯红酒，在自饮自酌15分钟后，他掏出手机打了一个电话。）

何浩宇：“韩律师，我需要你现在过来一趟。”

（挂断电话，不过半个小时，韩律师就准时出现在了何浩宇的面前。）

何浩宇：“你的费用我月底会结算给你的，现在我想要给你说一件正事。”

韩律师：“什么事？”

（何浩宇将自己手中的A4纸递给了韩律师，韩律师看到何浩宇的东西，目光一凛。这是他跟何浩宇的一个事前约定，当有的事情不适合说出来时，何浩宇就会用他们两个人之间的密码将事情写在A4纸上。）（5）

韩律师：“你确定？”

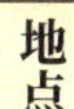

地点	何浩宇的家

记录内容

（何浩宇点头。）

韩律师："我能喝一杯吗？"

何浩宇："请。"

韩律师："故意的吗？"

何浩宇："故意的。你要帮我。"

韩律师："有人看见吗？"

何浩宇："有摄像头。"

韩律师："警用？"

何浩宇："不，民用。"

韩律师："除此之外呢？"

何浩宇："没有人看见了。"

韩律师："东西呢？"

何浩宇：[illegible]。"（6）

韩律师："事情现在已经黑了，我很难洗白。"

何浩宇："律师，不就是干这个工作的吗？"

韩律师："你可能有误解，律师只能让灰色变白，而已经变成黑色的，我可没办法。"

何浩宇："你的意思是……"

韩律师："把事情变灰就好了。"

何浩宇："万无一失吗？"

时间	何浩宇的家

记录内容

韩律师："只要你万无一失，我就没有任何问题。"

在听这几个字时我因为一些原因，换了不同的方向去听，每换一个方向，这些字在我的脑中就变换了一次方位，它们的形状也随之发生了改变。

我无法确定它们是不是本来的那个样子，我只能将其忠实记录下来。

记录者

提 示

所有括号内标有数字的地方，均为谜题部分，会在下方对应。

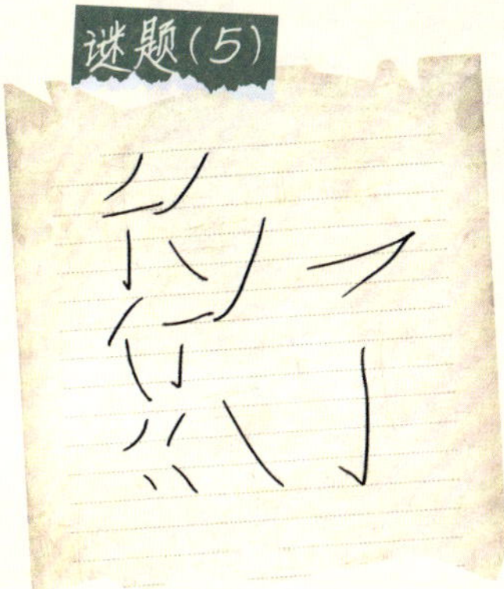

提示：

每一列代表一个汉字，将笔画移动叠加，就会出现相应的汉字，从而得到谜题（5）的隐藏信息。

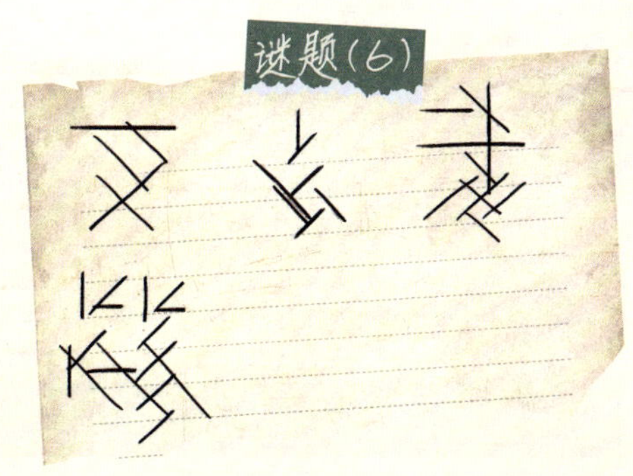

提示：

根据记录者的说法，每换一个方向听这些字，这些字就会换一个方位，因此需要旋转每个字并移动字的线条得到对应的字，从而得到谜题（6）的隐藏信息。

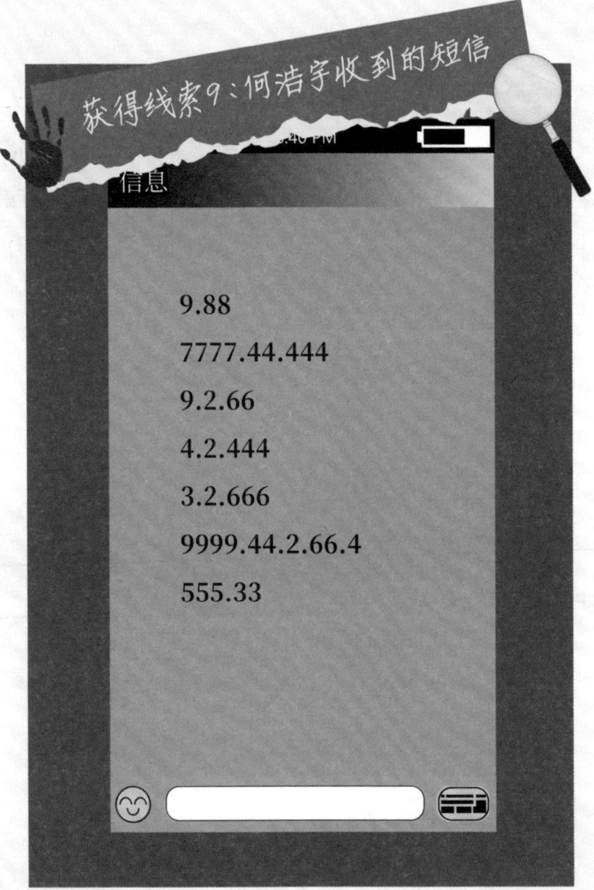

提 示

以上数字是根据手机上的九宫格键盘输入所做的映射，所以需要结合手机键盘来解读这条短信传达的意思。注意，九宫格输入键盘除了有数字，还有字母和符号哦，另外，小数点也可能是间隔符的意思。

07

明明说了是听，但为什么是以这样的视角呈现？

这个记录者是在编故事吗？

可是这个故事如此地有吸引力，就算它是假的，我也想知道最后的谜底是什么。

故事里的何浩宇果然有问题，是他杀了方曦吗？

就目前的记录来看，没有任何证据证明是他杀了方曦，而且他似乎也没有杀方曦的动机。

故事当中记录的种种怪诞行径——算命、立衣冠冢……更是让我不知道这跟故事本身有什么联系。

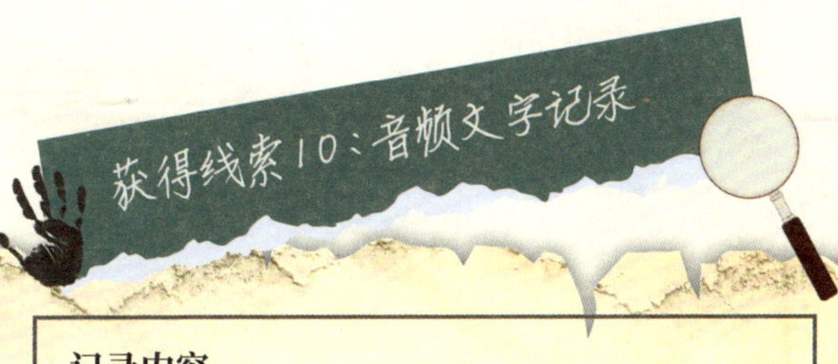

记录内容

何浩宇：“你说，我们是不是要去拜个佛啊？”

刘东升：“怎么了吗？”

何浩宇：“我最近几天总是心神不宁的，是不是冤魂作祟？”

刘东升：“要不我帮您安排，找个大师开解一下？”

何浩宇：“可以。”

记录内容

刘东升："不知道您更倾向于哪种派系。"

何浩宇："这还有派系一说？"

刘东升："那当然了。佛教主管轮回，遗留在世间不超生的，一般归佛教管；道教则是主管魂魄，如果你认为冤魂遗留在世间是有所求的，那可以找道教；基督教则是天堂地狱一说，要是冤魂的话，那多半是从地狱越狱而来，找上帝可能管用。"

何浩宇："佛教跟道教不是差不多吗？"

刘东升："听起来可能差不多，不过还是有一些本质区别，这个就要看你具体信哪一种了。"

何浩宇："那来个道教的吧，毕竟本土宗教，懂国人这点事。"

刘东升："那我这就去安排了。"

何浩宇："去吧。"

（杂音。）

何浩宇："道长请开始吧。"

（关门的声音。）

刘东升："喂。"

男声："今天晚上，豪斌酒店 801，自己过来。"

记录内容

刘东升："那我们之前说的……"
男声："你来了再谈。"
（喷火声。）

刘东升："何经理，我有点事先走了。"
何浩宇："你去吧。"
（杂音。）

男声："来啦。"
刘东升："张董。"
男声："小刘来啦，快来坐。"
刘东升："张董，总经理的位置，是不是……"
男声："小刘啊，你是缺钱吗？我到时候直接给你打钱不就好了。"
刘东升："我其实还是想要坐一坐总经理这个位置。"
男声："没事，你想坐就坐吧。那晚跟何浩宇在公司玩得一点都不高兴，他还真把自己当个人物了，都不记得自己总经理的位置是谁给的了。"
男声："喂……哦，今天我不去了，有点事……挂了。"
刘东升："谁？"
男声："一个现在还搞不清楚自己位置的人，我就喜欢你这种……听话的。"

获得线索11：电影镜头文字记录

故事在我脑中像放电影一般继续上演着，我已经迫不及待地想要将其写下来。

迫不及待了……

记录者

何浩宇正在酒店的房间里，他挂断了电话，从酒店离开，直接开车回到了家。

陈梅正在吃饭，她没有想到何浩宇居然会在这个时候回来："你怎么现在才回来？吃饭了吗？"

何浩宇摇头:"还没吃，今天没什么事，提前走了。"

陈梅直盯盯地看着何浩宇，没有说话。

何浩宇从厨房里拿出了碗筷，来到饭桌前跟陈梅一起吃起了饭。

此时电视里正在播放新闻节目。

"我们看到的是炒粉店事故中幸存的交警——张平，张平现在还戴着呼吸机，不能说话，下面我们请负责这起案件的陈警官来说一下。"

陈警官跟张平很明显关系很好，他眼含热泪，嘴巴嗫嚅了老半天都没说出话来，半晌才挤出了几个字："我们一定会把犯人绳之以法。"

"直播？"何浩宇突然插话道。

陈梅指了指电视的右上角："重播。"

“砰，砰，砰。”

突然有人敲门。

何浩宇来到房门前，刚一开门，立马便被为首的两名警察给制住了，鱼贯而入的警察迅速将房间里的陈梅给控制住了。

“你们干什么？我们是合法公民！”何浩宇叫嚷道。

其中一名警察站了出来，对着何浩宇亮出了自己的警官证和逮捕证：“我们是警察，现在以涉嫌谋杀的罪名逮捕你，希望你能配合我们进行调查。”

警察大手一挥：“带走。”

何浩宇的被捕过程被全程录了下来，不过这是在已经确定何浩宇是凶手之后才放出来的。

刘东升看到抓捕过程的时候，他已经坐在总经理办公室了。

“小赵。”

刘东升喊了一声，他的秘书立马从办公室外走了进来，对着刘东升半躬着身子：“刘总，请问有什么吩咐？”

“你待会帮我联系一下银行，我需要100万的硬币，拿到之后给我送到我山顶的别墅去。”说完后刘东升还补充了一句，“你知道我的别墅在哪里吧？”

“知道，刘总。保证完成任务。”

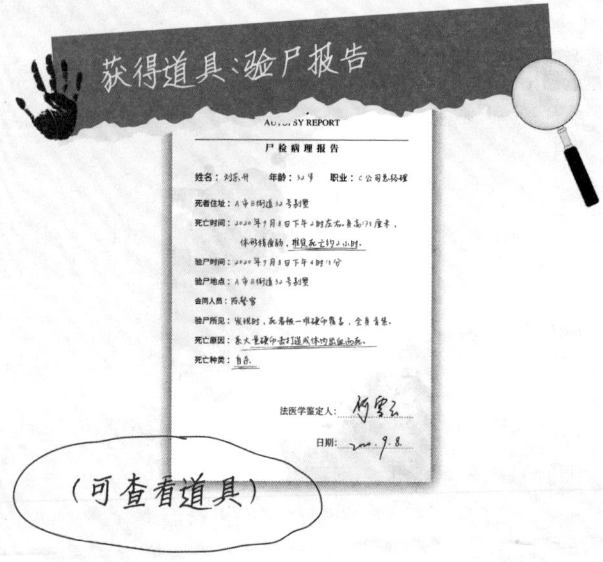

AUTOPSY REPORT

尸检病理报告

姓名：刘东升　年龄：32岁　职业：C公司总经理

死者住址：A市B街道32号别墅

死亡时间：2020年9月8日下午2时左右。身高175厘米，体形精瘦，推定死亡约2小时。

验尸时间：2020年9月8日下午4时15分

验尸地点：A市B街道32号别墅

会同人员：陈警官

验尸所见：发现时，死者被一堆硬币覆盖，全身青紫。

死亡原因：系大量硬币击打造成体内出血而死。

死亡种类：自杀。

法医学鉴定人：[illegible]

日期：[illegible].9.8

终

故事似乎很快就要迎来结局了，因为红布包中已经只剩下最后一张纸。

那用文字记录的电影镜头给人一种胶片播放的昏黄感觉，我看到了所有人的结局，每个人都沿着那条黑色的道路走向了终结。

我现在对于记录者记录这个故事为什么会用这样的视角，已经没有任何想要去探寻究竟的想法了，这个故事本身的吸引力已经超越了这个神秘的记录者。

因为故事太过荒唐，但又竟然带着那么一丝丝真实性，仿佛这是真实发生过的。

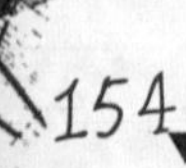

可是我不愿意去相信。

我看向窗外，天上阳光正好，绿枝舒服地伸展，微风拂过，温暖，清香，世界是如此美好。

我觉得自己只是……做了一个荒诞又古怪的梦而已。

解锁彩蛋

E121° 29'

AMI的秘密

SECRETS

组 织 架 构

AMI

↓

莫比乌斯　Space X　特遣队

↓

Awaken

特遣队：AMI 的行动小队，从特遣调查委员会里面分离出来的独立小队，只对 Miss Madam 负责，完成其指派的秘密任务。

Awaken：一个为“觉醒人”专设的机构。所有的“觉醒人”将在这里进行积分排名，并被定期组织参加莫比乌斯设置的培养课程，归 Space X 统一管理，同时为特遣队储备人才。

AMI的秘密

SECRETS

AMI相关事件记载

源纪年：地球被异时空入侵，前负责人卸任，Miss Madam 接管一切事务。

五十年前：Space X 和莫比乌斯成立，旨在调查异时空入侵事件，并开始拯救和培养“觉醒人”，发展可用力量。

三十年前：特遣队从莫比乌斯的特遣调查委员会里分离出来，正式成立。同年第一次与异时空交手，无一生还。

十年前：Miss Madam 因为身体原因，正式退居幕后，由 Space X 的负责人接管一切事务。

一年前：经过几十年的努力，Awaken 正式成立，开始秘密工作，与异时空再次对抗！

图书在版编目（CIP）数据

烧脑笔记. 2 / X脑力研究所主编. -- 杭州 : 浙江文艺出版社, 2020.11

ISBN 978-7-5339-6277-7

Ⅰ. ①烧… Ⅱ. ① X… Ⅲ. ①故事－作品集－中国－当代 Ⅳ. ①I247.81

中国版本图书馆 CIP 数据核字 (2020) 第 206178 号

烧脑笔记 2
X 脑力研究所 主编

责任编辑 陈园
封面设计 徐昱冉
插画绘制 扇子粥

出版发行 浙江文艺出版社
地　　址 杭州市体育场路 347 号　　**邮　　编** 310006
网　　址 www.zjwycbs.cn
经　　销 浙江省新华书店集团有限公司
天津漫娱图书有限公司
印　　刷 武汉新鸿业印务有限公司
开　　本 889mm×1230mm 1 /32
字　　数 104 千字
印　　张 5
版　　次 2020 年 11 月第 1 版
印　　次 2020 年 11 月第 1 次印刷
书　　号 ISBN 978-7-5339-6277-7
定　　价 52.00 元